転生令嬢、今世は愛する妹のために捧げますっ！

1

ハルランド・キーナスト
飄々とした性格をしているアストレラント帝国の公爵家の次男。総督の職に就いており、公務としてラザフ王国の情勢を見張っている。
シエナ・ルディスマン
義姉であるリーリナのことが大好きで憧れているが、後妻の子ということと、ふくよかな体型なことに引け目を感じている。
リーリナ・ルディスマン
母を幼いころに亡くして以来、義理の妹のシエナに愛情を注いでいる。十五歳の誕生日に、前世の記憶を思い出す。

アザレア
リーリナ、シエナの友人である伯爵家令嬢。おっとりしてはいるけれど、しっかり者ではある。
ジェシカ・アルトナー
ドナート侯爵家令嬢。王太子妃候補の一人と言われている。同じような立場にあるリーリナとは同い年で、敵視を向けている。
ルキアン・ヴェルフェル
ラザフ王国近衛騎士団に所属しているリーリナの従兄。優秀ではあるものの、常に自分を高いところに置いて周囲を見下ろしていたいタイプの人間。
登場人物紹介

転生令嬢、今世は愛する妹のために捧げますっ！ 1

Contents

第一章
想像の上を行く婚約
006

第二章
妹を幸せにするための三年計画
043

第三章
王宮舞踏会でリサーチ！
089

第四章
誕生日パーティはピンチも楽しむべし
112

第五章
ターニングポイントへの招待状
154

第六章
舞台に上がる一歩
181

第七章
『さすがお姉様』と言われたい！
226

番外編一
ハルランド・キーナストは聞き取り調査をする
242

番外編二
リーリナ・ルディスマンは苦手を克服する
262

第一章　想像の上を行く婚約

結婚の申し込みは、女性が十五歳になってから。

我がラザフ王国には、そんな慣例がある。

昔の国王が、王侯貴族の結婚の低年齢化を憂《うれ》えて命じたのが発端だ。

「女性は十六歳以上で結婚するのが望ましいから、結婚の申し込みは十五歳になってからにすべし」

と。

それが定着して、十五歳になる前の女性に表だって結婚話を持ちかけるのは、タブーとされていた。

だから、貴族令嬢の十五歳の誕生日パーティといえば一大イベントだ。そのパーティで令嬢にダンスを申し込んだ男性は、『婚約者に立候補する意志あり』と見なされる。

まだ正式に婚約が決まるわけではないから、男性側はいくつものパーティに参加するのが普通だったし、女性側もイベントとして楽しみにその日を待つのだ。

家柄もよく美しい令嬢のパーティなら注目の的になるし、それなりの令嬢ならそれなりに。誰からもダンスを申し込まれないと恥ずかしいので、両親がこっそり水面下で「仕込み」をすることもある。


私の場合は、前者。注目の的になっている方だ。

「リーリナ、今日は一段と美しいよ」

褒めてくれたのは、トラークル侯爵、ライナー・ルディスマン。私のお父様だ。

「ええ、本当。まるでバラの花のよう」

マリアンネお母様も、両手を合わせる。

支度を終えた私は鏡の前で振り向くと、軽く膝を折って両親に頭を下げた。

「ありがとうございます、お父様、お母様」

今夜は、この秋に十五歳になった私の、誕生日パーティが開かれるのだ。

「美しく賢いリーリナなら、何人もの素晴らしい男性からダンスを申し込まれるだろう。パーティを楽しみにしていなさい」

「あなた、私たちも支度を」

「おお、そうだな」

両親は「では後で」と笑顔を見せ、あわただしく私の部屋を出ていった。

私は鏡に向き直り、じっくりと自分の姿を眺めた。

ちょっと顔に角度をつけ、反対側も確認し、それから身体《からだ》をひねって横からもチェック。

艶のある栗色の髪は、一部結い上げられて真珠の髪飾りで留められ、緩やかに波打ちながら肩に流れ落ちている。澄んだ紫の瞳を長いまつげが縁取り、通った鼻筋と小さな唇とのバランスは我ながら完璧だ。

身にまとうドレスは、光沢のあるベージュの生地の上にレースを重ねたもの。ところどころに真珠が縫いつけられてきらめいている。スカートは腰の後ろでひだをたっぷり寄せ、アクセントにクラシカルな黒のリボンが上品に結ばれていた。

すらりとした首を、瞳と同じ紫の石の連なったネックレスが飾っている。貴重なアンティークで、売り物ではないそうだけれど、父が懇意にしている宝石商が「ぜひとも麗しのリーリナ嬢に着けていただきたい」と持ってきた。私が着ければ、話題になるに決まっているからだ。

私は鏡の中の自分を見つめたまま、ふぅ、とため息をついた。

「いけない……つい見とれちゃった」

私はリーリナ・ルディスマン、トラークル侯爵家の長女である。

王都オルーニンの東、なだらかな丘陵《きゅうりょう》の合間に田園風景の広がる侯爵領は、とても豊かな土地だ。大河を通じての交易もさかんで、川沿いの町は大きく発展し、賑わっている。

トラークル侯爵、つまり私のお父様はとても社交的で、そんなお父様を通じて私は幼い頃からちょっとした有名人だった。

美しく、利発で、朗らか。どんな女性に成長するのだろう、どんな男性がリーリナ嬢を射止めるのだろう、と。

そんな私だったから、十五歳の誕生日パーティは注目の的になっている、というわけである。

招待されていない男性たちとその両親も、ツテを頼って何とか加わろうと、ここしばらく社交界はざわついていたそうだ。パーティで意思表示さえしておけば、今後おおっぴらに私に近づくことができる。

大規模なパーティになることは予想されていたので、会場は領地のカントリーハウスであるこの館の大広間だ。

もし私の誕生日が、初夏の社交シーズンとかぶってしまっていたら、貴族たちは王都オルーニンにいる時期である。トラークル侯爵家の王都にあるタウンハウスでは手狭《てぜま》で、時期をずらしたり色々と工夫しなくてはならないところだったけれど、幸い私は秋生まれだった。

専属メイドのポリーナが、小柄な体でくるくると動き回り、私の部屋着を片づけながら言う。

「こんなに大きなお祝い、国王陛下ご夫妻が行幸《ぎょうこう》されて以来じゃないかしら！　使用人たちも大興奮していますよ、館の裏には立派な馬車がズラリですもの」

「そうなの？」

私はソファに浅く腰かける。

「ねぇポリーナ、喉が渇いたわ。着付け、長いんだもの」

「今、お茶をお持ちしますね。少しですよ！　パーティの最中にご不浄《ふじょう》に行きたくなったら困りますから」

扉を開け、ポリーナは廊下に出ていったけれど、すぐに扉の隙間から声が聞こえてきた。

「あ、シエナ様。リーリナ様はお着替えがお済みですので、どうぞお入り下さい」

「ありがとう」

小さな声。

そして、ポリーナと入れ替わりに入ってきたのは――。

「お姉様」

「シエナ！」

私は笑顔で、彼女を迎えた。

シエナ・ルディスマンは十三歳、私の妹だ。黒髪に深緑色の瞳、ふっくらした頬がとても可愛らしい。

そんな彼女は、私を見つめてポーッとしている。

「シエナ、座って」

ソファの方へ誘うと、シエナは「あっ」と我に返る。

そして、おずおずと近づいてくると、私の前でおとなしげな青緑色のドレスのスカートを摘《つま》み、ちょん、とお辞儀した。

「お姉様、あの……十五歳、おめでとうございます」

「ありがとう、嬉しいわ。もうお祝いを言ってくれるの？」

答えながら妹の手を引いて、隣に座らせた。

シエナはふくふくした手元に視線を落とし、言う。

「今夜のパーティでは、あの、言えないかもしれないって、思って」

「どうして？」

「だって」

シエナは上目遣いで私を見つめ、色白の頬をふんわりと染める。

「お姉様、とても綺麗だから……本当に、女神様みたいに」

「？」

「だから、私は近づかない方がいいかな、って」

その言葉に「ん？」と思った私は尋ねる。

「……お母様が、そうおっしゃったの？」

「え、あ、えっと」

口ごもるシエナに、私は少々困った笑みを浮かべてしまった。


私とシエナは、生みの母が違う。

先妻である私の母、セラフィマお母様は、私が四歳の時に病気で亡くなった。そして後妻になったのが、シエナの母のマリアンネお母様だ。セラフィマお母様が存命の頃から、お父様が外でこっそり付き合っていた女性なので、ありていに言えば『元愛人』ということになる。

もちろん、幼い頃の私はそんな事情などわからなかった。出会って以来、マリアンネお母様は私にとても優しく接して下さったので、良好な関係を築いてきている。

たとえ、負い目があるから私に優しくしているのだとしても、気にならないほどに。

問題は、生みの母が異なるせいか、私とシエナがあまり似ていないことだった。

幼い頃から評判の私と比べて、実の娘であるシエナは見劣りがする……と、マリアンネお母様は気にしているらしい。それで、私とシエナが人前で一緒にいて比較されるのを嫌がるのだ。

謙遜しても仕方ないので言ってしまえば、実際に十五歳の誕生日パーティがこんな規模になっているのが、私だ。シエナがそんな姉を持ってしまったのは事実である。

（マリアンネお母様が複雑な気持ちでいるのはわかるけれど）

私は軽く、ため息をつく。

（でも、私とシエナを引き離したりするから、仲の悪い姉妹だとウワサが立ってしまうのに。ただでさえ先妻の娘と後妻の娘だし、私がいじめてると思ってる人もいるみたい）

確かに、ややぽっちゃりしたシエナよりは、私の体型の方が今の世の美的感覚には合っているのだろう。

でも、それでシエナが可愛くなくなるわけではない。

私はいつでも、大きな声で宣言できる。

（うちの妹、めちゃくちゃ可愛いのよー！）

幼い頃にお母様を失った私にとって、シエナは愛を注ぐ唯一の対象だった。

マリアンネお母様に連れられてやってきたシエナ、お父様に「お前の妹だよ」と紹介されたシエナ。

三歳の彼女が私を見て、にこ、と微笑《ほほえ》んだ時、五歳の私は思った。

神様が、お母様を失った私を憐《あわ》れんで、天使を遣《つか》わしてくれた……と。

幼い頃のシエナは明るく朗らかな子で、私たちはたちまち仲良くなった。同じ乳母に育てられたのでいつも一緒だったし、シエナは私にくっついて回るのが好きで、何でも私の真似をした。いたずらをしても可愛いし、わがままを言っても可愛くて、私は妹を溺愛《できあい》した。

けれど、昼間はそんなふうだった一方で、夜は少し違った。私はいつも寝付きが悪い上に夢見が悪く、セラフィマお母様のことを思い出して泣くこともあったのだ。

そんな夜には、シエナが歌を歌ってくれた。シエナの澄んだ声は、まるで魔法のように心を安らかにしてくれ、私はようやく眠ることができた。

やがて成長するにつれ、彼女もまた少しずつ気がつき始めた。親戚たちが私たち姉妹を比べていること、それをマリアンネお母様が気にしていることに。

シエナの口数はだんだん減り、私のあとをついて回らなくなり、人前に出るのを嫌がるようになった。


そして、現在。

シエナはほとんど、引きこもり状態だ。もともと少しふっくらした体型で、そこが可愛いのだけれど、動かないせいかぽっちゃり具合に拍車がかかってしまい、本人はそれも気にしてますます人前に出なくなる……という悪循環である。

誕生日パーティで私に近づかないように、とマリアンネお母様がシエナに言ったかどうかは別にしても、シエナ自身が、私と比べられるのを恐れている。

シエナはしどろもどろに続けた。

「でもねお姉様、私もね、なるべく隅にいた方がいいかなって、思ってるの……大人に話しかけられるの、苦手だから、こっそり早めに、お部屋に戻りたくて。あの、ダンスが始まる前には。……せっかくのお祝いなのに、ごめんなさい」

「いいのいいの、苦手なものの一つや二つ……や三つや四つ、あって当たり前よ！　全っ然構わないわ」

今でも、シエナには甘々の私である。

というのも、私は不思議と、シエナの気持ちが手に取るようにわかるからだ。

美しい人や賢い人に囲まれていると、ちょっと怖く感じることとか。

頑張って対等でいようとしても、引け目を感じてしまうこととか。

形から入ろうと着飾れば、中身と比較されてバカにされそうで心配だとか。……そんな気持ちが。

『何あの子、張り合おうとしてんの？』

『狙ってる男でもいるんじゃない』

『見てあの格好。若作りしちゃって』

――はっ、と、私は目を瞬かせた。

（空耳？　若作りって何⁉　私たち姉妹はまだ十五と十三なんですけど⁉）

どうやら、いつも見る夢に引きずられてしまったらしい。

夢見が悪い、というのは、怖い夢を見るのとは少し違う。

私はいつも夢の中で、ラザフ王国ではないどこか別の場所にいた。貴族ではなく、労働者だ。歳もおそらく三十歳くらい。今の自分とあまりにも違うことが、怖いといえば怖いけれど、少しドキドキする。

まるで現実にあったことのように具体的で、でも面白く変わった夢。まとめたら、一つの空想物語になりそうだ。

そしてその夢では、私はシエナのように、自分に自信がなくてとても引っ込み思案なのだ。シエナの気持ちがわかるのは、夢のおかげかもしれない。


とにかく、私は笑顔を作った。

「シエナ、そのドレスすごく似合ってるわ」

「本当？　もうちょっと、袖が長い方が、よかった……腕が、よけいに、太く見えちゃって……恥ずかしい……」

シエナは肩を縮める。

「全然そんなことないわ。あら、耳飾りはしないの？」

軽く背を丸めたシエナは、自分の耳に触れてうつむく。

「私、つけると、耳たぶが痛くなっちゃうから……」

「耳の上にひっかける形のなら大丈夫よ。さ、こっちに来て」

私はシエナを鏡台の前に連れていき、座らせた。そして引き出しを開け、銀の耳飾りを取り出す。

耳の上にかけて耳の後ろを通り、小さな銀色の雫《しずく》が下にぶら下がって見えるものだ。

「貸してあげる、ぜーったい似合うから。つけるわよ」

耳飾りを片方ずつ、後ろから彼女の耳にかける。

(本当は、シエナならもっと、大きな耳飾りの方が似合うと思うんだけど)

でも、彼女は目立つことを望んでいない。静かに、目立たないように暮らしていきたいと思っている。だからこれでいいのだ。

(シエナのことは、私がずーっと守ってあげるからね)

私たち姉妹は、仲良しである。それはきっと、私が結婚したってシエナが結婚したって変わらないだろう。

「ほーら。可愛くなった」

鏡の中のシエナに話しかけると、シエナは嬉しそうに耳飾りに触れた。

「綺麗……。ありがとう。これでパーティの間も、お姉様の近くにいるみたい」

私とシエナは、鏡の中で視線を合わせて微笑んだ。

そして、私の十五歳の誕生日パーティが始まった。

湖のほとりに建つトラークル侯爵邸は、白い壁に青い屋根の、とてもシンプルな外観をしている。けれど、中に入った客人は皆、壮麗な内観に感嘆の声を上げるのが常だった。高い天井、柱や壁のやや古風で細かな装飾、窓からの景観まで計算された部屋。

中でも、誕生日パーティの行われる大広間は、ひときわ美しい。

お父様に手を取られ、大広間の階段を下りていくと、待っていた人々が拍手で迎えてくれる。私に見とれている人もいるし、私を見たとたんに隣の人に笑顔で話しかけている人もいる。どの視線も、私の姿を賞賛していた。

私は壇上で、ゆっくりと淑女《しゅくじょ》の礼をした。

「リーリナ・ルディスマンと申します。ようこそお越しくださいました」

お父様がすぐ横で挨拶をする。

「本日は、我が娘リーリナの十五歳の祝いにお集まりいただき、感謝申し上げます。今夜はどうか、リーリナに皆さんと親睦を深める機会をいただければと思います。なにぶん若輩《じゃくはい》ですので、失礼がありますれば私めに免じてお許しを」

お父様が頭を下げ、やや芝居がかったその仕草に笑いが起こる。侯爵という地位にありながらこういうことができるお父様なので、人々には慕われていた。

乾杯の発声があって、パーティが始まった。大広間の半分、私のいる大階段の反対側にはテーブルがいくつも並び、立食形式で食べられるようになっている。

「リーリナ嬢、おめでとうございます」

最初に挨拶に来て下さったのは、王太子のロディオン・ラザフ殿下。十四歳とは思えない落ち着きで、お祝いの言葉を下さる。

「同じくらいの歳に貴女がいることが嬉しい。今後も親しいお付き合いをお願いします。後ほど、ぜひダンスのお相手を」

「光栄です、殿下。喜んで」

私は頭を下げる。

王太子の結婚は特別で、国内の令嬢だけを候補にするわけにはいかない。政情によっては他国の姫を迎えることもある。お相手がはっきり決まるまでには、複雑な過程がある。

ただ、ダンスを申し込んで下さったということは、私も王太子妃候補に入っているということだ。招待客たちがざわついているのは、「やっぱり」という空気のせいらしい。

（もし、私が王太子妃になったら、シエナは王宮にもたくさん遊びに来てくれるかしら。ううん、きっと王宮なんて怖がるわね、私の方がしょっちゅう実家に帰ればいいいか）

私はそんな想像を巡らせた。私ならこの想像は、おこがましいというわけでもない。

王太子殿下の後は、まずお父様の関係で、目上の方々が私をお祝いしにきてくれた。私は立ったまま、笑顔でお礼を言う。

ふと視線を巡らせると、壁際の柱に隠れるようにして、シエナがいた。シエナは私の方を見ていて、視線が合うとおずおずと微笑んだ。そして、ちょっと耳飾りに触ってみせる。

（ああ可愛い！　私の妹はどうしてこんなに可愛いの！）

私もとびきりの微笑みを返した。

さて、次は……

「帝国の総督閣下がいらっしゃるんでしたよね？」

私はそっと、隣にいるお父様にささやいた。

ラザフ王国は、大陸の半分を支配下に置く大帝国、アストレラント帝国の属国のひとつである。四つの属国にはそれぞれ、帝国から総督が送り込まれており、国の情勢を見張っていた。その総督も、今日の招待客リストに入っているはずだ。

お父様がささやき返す。

「所用で遅くなるらしい。先に、他の属国の大使のご挨拶をお受けしなさい。まずは、あちらが隣国の、トレイバ王国の大使殿だ」

「はい」

私は、変わった筒形の帽子に長い上着姿のトレイバ王国の大使に相対した。

「リーリナ・ルディスマン殿、オメデトウ」

片言のラザフ語。

私はトレイバ語で返事をした。

『初めまして。お会いできて嬉しいです』

『おお、トレイバ語をお話しになれるんですか？』

『ほんの少しですが。そのお召し物はお国のものですか？　素敵な模様ですね』

異なる文化の話を聞けるのは楽しくて、嬉しい。私は次々と、大使たちと話していった。

その後でようやく、若い男性を連れた貴族たちが次々と挨拶に訪れた。私の婚約者に立候補するつもりの男性たちだ。

正直、ピンと来る人はいなかった。

（今後、この人たち全員と交流する中で、一人に絞り込まなくてはいけないのよね。しかも、その後で王太子妃に決まったらそちらが優先になるから、それまでの苦労は水の泡。あー、めんどくさい……）

十五歳のくせに、我ながら枯れているなと思う。

（まるでもう、酸《す》いも甘いもかみ分けた三十歳くらいの女の人みたい）

そう思った瞬間、ふっ、と頭の中で声がした。

『まったく、三十歳《みそじ》にもなって。お付き合いしている人くらい、いないの？』

（え、ミソジ？　何、それ）

年配の女性の声で、聞き覚えがあるような気がするのだけれど、誰なのかはわからない。呆《あき》れているような、心配しているような、どこか懐かしい声。

（誰……？）

ちょっと混乱しているうちに、また別の声が話しかけてくる。

「リーリナ、十五歳おめでとう」

はっ、と私は気を取り直して向き直った。

目の前には、すらりと背が高く切れ長の目をした美人が立っている。ドナート侯爵の娘、ジェシカ・アルトナーだ。

プラチナブロンドに青い瞳のジェシカもまた、王太子妃候補の一人と言われている。彼女の十五歳のパーティには先月招かれたばかりで、やはりとても賑やかで豪華なものだった。

「ジェシカ、ありがとう！　私も十五歳になったわ」

お礼を言うと、ジェシカはわずかに唇を笑みの形に整えた。そして、扇を広げて口元を隠すと静かに言う。

「あなたのパーティも大勢来ていて、大変ね」

「本当、お互いにね」

私も声を潜めて答えると、ジェシカはふいっと視線を広間へ走らせた。

「こうして騒がれているうちが花なのかもしれないけど、そういうの、やめた方がいいのではないかしら」

「そういうのって、何を？」

「さっきみたいに、この場の大勢に才気を見せつけるようなことよ。誰彼構わないみたいで、はしたないわ」

「ええと、そんなふうに見えた？」

「少しね。……どんなに騒がれたって、結婚する男性は一人。そのお相手で、全てが決まるのに」

ジェシカは扇をスルッと閉じ、軽く顎《あご》を上げて再び微笑む。

「じゃあ、また」

「ええ……」

私がそれしか言えないでいるうちに、彼女は私の両親に挨拶をして去っていった。

（私、誰にでも媚《こ》びているように見えた!?　ただ挨拶しただけのつもりだったのに）

さすがに少々モヤッとしてしまったけれど、まあ、彼女が一言言いたくなる気持ちもわかる。

私とジェシカは、歳も家柄も同じくらいなので、昔からよく比べられてきた。比べられればそりゃあ、お互いにある程度意識するし、ライバル心も芽生える。相手の言動にも厳しくなるだろう。

（でも……結婚相手で全てが決まる、か。ジェシカの言うこともっともなのよね。貴族たちって、女性がどんな男性と結婚するかで格付けをしたり、優劣を競ったりするところがあるもの）

私は、すらりとした彼女の後ろ姿を見つめる。

（別に、本人たちやお互いの家が納得しているなら、それでいいじゃない。比べる必要なんてないと思うのだけれどね）

結婚には、人それぞれの形がある。お父様と二人のお母様を見ているから、少しはわかる。

恋愛結婚でも政略結婚でも、幸せになろうという気持ちが二人の間で一致していれば、きっと幸せになれるはず。

私はそんなふうに思うのだ。


お客様の挨拶が一通り済むのを待っていたのか、続いて近しい親戚が声をかけてくれた。年配の方から順に挨拶してくれる。仲のいい令嬢もいて、かしこまらない会話を交わすこともできた。

最後にやってきたのは、黒髪黒目の男性だ。すらりとした体型で背が高く、騎士団の制服が勇ましい。

「ルキアン兄様」

「誕生日、おめでとう」

父方のいとこ、二十歳のルキアン・ヴェルフェル兄様は、私の手の甲にキスをした。私ははにかむ。

「ありがとう」

ルキアン兄様は、王国近衛騎士団に所属している。王室の人々の警護や、王宮などの関連施設の警備をするのが仕事だ。親戚の皆が誇らしく思っているし、もちろん私にとっても自慢のいとこである。

「大使たちが、君のことを褒めそやしていたよ。帝国の属国で使われている言語を、全て話してみせたと。さすがは我がいとこ殿だ」

いつものクールな口調で、兄様は私を褒めた。私は横目で軽くにらむ。

「兄様だって話せるくせに、何かのイヤミ?」

「おいおい、本当に褒めているんだ。僕だって十五歳の時は話せなかったさ」

兄様は軽く、肩をすくめてみせる。

謙遜してはいるけれど、ルキアン兄様こそ昔から神童の名を欲しいままにしてきた人だ。すでに現在、騎士団で頭角を現しつつあるという。

いずれはお父上の爵位を継ぐのだけれど、その立場に安穏《あんのん》とせず自分を磨く姿勢を、私は尊敬していた。

そしてまた、兄様も私に一目置いてくれているようだ。

「君は昔から勉強熱心だったからな。そのやる気はどこから来るんだ？」

そう聞かれて、私は声を落とし、ささやいた。

「だって、みんなが私を『可愛い』って褒めてくれるんですもの。それに見合う中身じゃなきゃ、おかしいわ」

「なるほどね。外見だけで満足しないのはいいと思う」

ルキアン兄様はうなずいて、さらりと続けた。

「僕も君の伴侶《はんりょ》に立候補しようかな」

真顔で言っているけれど、いつもこの顔なので冗談なのか本気なのかわかりにくい。私はつきあいが長いのでわかるけれど。

「冗談はともかく、兄様、結婚話が進んでいる女性がいるのでは？」

「別に、進んでるわけじゃない。向こうの希望で食事はしたけど、口数が少なくてつまらない女性だった。おとなしくしてれば気に入られると思ってるんだろうな」

兄様はバッサリと言った。

あらら、と私は思う。

（ちょっと会っただけで、話もまともにしてないなら、どんな人かなんてわからないのに。その女性は、緊張していただけかもしれない。まったく、兄様は気に入らないところがあるとすぐに切り

捨てちゃうんだから……もったいないわ）

その時、大広間の入り口に近いあたりで、ざわつく気配がした。

「何？」

「どなたかいらしたようだね。じゃありーリナ、また」

ルキアン兄様は壁際の方に下がっていった。途中でシエナの前を通り、シエナがおずおずと、挨拶の言葉か何かを口にする。兄様は軽くうなずいて応《こた》えただけで、すぐに招待客たちに紛れた。

代わりに、入り口からまっすぐ進み出てきたのは、先ほどお父様との話題に上った人物だった。

ラザフ総督、ハルランド・キーナスト閣下。二十七歳、金髪美丈夫《びじょうふ》の閣下は、藍色の瞳を父に向けて流暢《りゅうちょう》なラザフ語で挨拶する。

「ご息女のお祝いにお招きいただきながら、遅くなって申し訳ない」

「いやいや、お忙しいでしょう、お気遣いなく。さあ、どうか娘と会ってやって下さい」

閣下は私に近づき、にこっ、と親しみのある笑みを浮かべた。

『リーリナ嬢、おめでとうございます。帝国を代表して、お祝いを申し上げます』

帝国の公用語、アスタル語だった。

父とは流暢なラザフ語で会話していたので、私もラザフ語にした方が失礼がないかな、と思っていたけれど、反射的にアスタル語で返事をする。

『ありがとうございます。帝国に栄光のあらんことを』

総督は『おお』と目を見開いてから、また笑顔になった。

『リーリナ嬢のアスタル語は、なめらかでとても美しいですね。帝国の栄光が、ラザフにもあまねく降り注がんことを』

そして、総督は大広間を見渡す。

『皆さん、ご挨拶はお済みになったのだろうか？』

『はい。そろそろダンスを、という頃合いでした』

『そうですか。それならちょうど良かった』

キーナスト総督はうなずき、懐から手紙を一通取り出した。

『実は、アストレラント皇帝陛下から、ルディスマン家に手紙を預かってきたのです。お届けするようにという連絡が急だったので、手紙の到着を待っていて遅くなってしまった』

『まあ』

差し出された手紙を、私は受け取った。

（ラザフの王族でもない私に、皇帝陛下がわざわざお祝いの手紙を？　ひょっとして、セラフィマお母様の関係かしら）

亡くなったセラフィマお母様は、先々代アストレラント皇帝の孫なのである。お母様の実家は、おじい様おばあ様の代で当時の皇帝のご不興を買ったらしく、属国ラザフへと追いやられた。すでにこの件は解決しているそうだけれど、ラザフと縁ができたお母様はお父様と結婚することになったそうだ。

そんなわけで、私も一応帝位の継承権を持っているらしいのだけれど、三十番目とか四十番目とかなので、意味がないに等しい。まあ、家筋だけはいいと言えなくもない。

私は、お父様に手紙を差し出した。お父様は受け取り、キーナスト総督に向き直る。

『これはわざわざ……しかし光栄なことだ』

お父様は、大広間の人々に向けて、声を張った。

「皆さん、ご歓談のところ失礼」

招待客たちが、こちらに注目する。

「アストレラント皇帝陛下が、リーリナにお祝いの親書を下さいました。謹《つつし》んで、読み上げさせていただきます」

ちょっともったいぶるように、お父様は皇帝陛下の印の捺《お》された封蝋《ふうろう》をはがした。中の便せんを取り出す。

「ごほん、では」

便せんを開き、お父様は読み上げ始めた。

「……『親愛なるトラークル侯爵家のご息女、リーリナ・ルディスマン嬢。つつがなく十五歳を迎えたことを、ここに祝福するものである。リーリナ嬢の幸福は、帝国の偉大なる栄光がラザフ王国に降り注ぐ限り、保証されるものである』」

帝国から出される文書は、どんなものでも大仰《おおぎょう》だ。私が皇帝家の系図をさかのぼると誰それに連なるだの、歴史上の人物の誰それのように幸せになるはずだだの、長々と文章は続く。

(さすがに、ちょっと退屈)

私はつい、お父様の声を右の耳から左の耳へ流してしまった。

「えー、『そこで、遥かなる皇帝家の血を引くリーリナ嬢が、今上《きんじょう》皇帝と再びあいまみえ』……」

不意に、お父様の声が、途切れた。

「?」

見上げると、お父様は手紙に視線を落としたまま、固まっている。

「……お父様?」

「リ……リーリナ」

お父様は私の顔を凝視してから、あわてた様子で手紙に視線を戻した。

「……『リーリナ嬢が皇帝家の一員となることを望むものである』!」

壁際にいるルキアン兄様までが、目を見開いたのがわかった。

「え? 何? お父様、どうなさったの……?」

私は戸惑いながら尋ねる。

お父様は、上気した顔で私の腕をつかんだ。口をパクパクさせ、いったん深呼吸し、そして、言った。

「リーリナ！　アストレラント皇帝陛下が、お前を妃《きさき》にお望みだ！」

「……は？」

私はポカンとして、ただお父様を見つめた。でも、お父様は興奮するばかりで、マリアンネお母様に駆け寄っていく。

「マリアンネ、聞いたか！　大変な栄誉だ！」

「あの……」

戸惑うばかりの私は、仕方なくキーナスト総督に向き直った。

「どういう、ことでしょうか？」

総督は微笑む。

「アストレラント皇帝陛下は、あなた様を、皇后陛下に次ぐ第二妃にお望みです。美しく賢きリーリナ嬢、十八歳におなりの時までご自分を磨かれ、そして皇帝家にお輿《こし》入れ下さい」

（ははあ……私みたいに家筋が良くて美しくて賢いと、こういうこともあるんだ）

私は、まるで他人事のように考えた。

それから、ハッと息を呑む。

（待って。私はラザフ王国の王太子殿下か、貴族の誰かと結婚するものだと……当然、そうなるものだと思ってたのに）

ゆっくりと視線を動かすと、壁際のシエナと視線が合う。

シエナも両手で口元を隠し、驚きに目を見開いていた。

可愛い、私の妹。

（帝都は、遠い。皇帝家に嫁《とつ》いだら……シエナと会えなくなる。シエナを守れなくなる……？）

くらっ、と、めまいがした。

ルキアン兄様が駆け寄ってくるのを視界の隅にとらえながら――。

――私は、意識を失った。

お出汁《だし》の匂い、ニンニクの匂い、そして肉が焼ける匂い。

美味《おい》しそうな匂いが、身体を包み込んでいる。

後ろから声をかけられた。

「藤井《ふじい》さーん、小鉢《こばち》足りないよ」

「あっ、はい」

我に返った私は、あわてて手を動かし始めた。ナスとピーマンの焼き浸《びた》しを小鉢によそい、鰹《かつお》節《ぶし》と胡麻《ごま》をふりかけ、カウンターの上に並べていく。

ここは、大手健康器具メーカーの社員食堂だ。カフェテリア形式で、メイン料理を三種類から選べる定食を提供している。定食には小鉢が二つつき、私が並べた小鉢をお客さんが次々と取って、自分のトレーに載せていく。

フローリングの床に白い壁の食堂は、観葉植物の葉が艶めき、広々としていて明るい。一般のお客さんも入れるようになっているため、かなり賑わっている。健康器具メーカーとあって、食堂のメニューも栄養やカロリーに気を使っていることから、女性に人気なのだ。

私は黙々と手を動かしながら、ちらりと壁を見た。

黒板に『今日の日替わり　ガパオライス』と書かれていて、バジルの緑と目玉焼きの黄身も鮮やかな写真が貼られている。美味しそうだ。

(……ガパオ？　ガパオって、何だったかしら)

ふと、私は戸惑う。

(ここはどこ？　さっきまで、大広間にいたのに)

場面は変わる。

実家の玄関で、私はレインブーツを履いていた。すぐそこの居間から、テレビの音が聞こえてくる。

『――大型で非常に強い台風は、勢力を保ったまま首都圏に接近し、交通機関に大きな影響が――』

母の心配そうな声がする。

「恵理子《えりこ》、こんな天気なのに、仕事に行かなくちゃいけないの？」

「あ、うん……。会社はやってるから、食堂もやるんだって。今朝は市場も開いてたから、食材も仕入れちゃったって」

私は話しながら、ボディバッグを前に来るように身体にかけた。その上から防水パーカーを着て、ジッパーを喉元まで引き上げる。

母はため息をついた。

「はぁ。台風が大変なのは昨日の内にわかってたのに、どうしてお休みにしないのかしらねぇ。適当に、家の周りが冠水《かんすい》して出られないとか言って、断ったら？」

「でも、他の人たちがどうしても、出られないみたいだから」

「だからって、あなたも危ないのに……。今はバス、動いているみたいだけど、帰りはどうするの？」

「二時間くらい歩けば帰れるよ、たぶん。行ってきます」

フードを被って、私は玄関の扉を開けた。

とたんに吹き込む、大粒の雨。急いで外に出て扉を閉める。

朝なのに空は真っ暗だ。ビュゴオオ、と風が唸《うな》り、雨は真横に飛んでいる。眼鏡に水滴がついて用をなさないので、外してパーカーの中のバッグにしまった。視力的には一応、歩くのに支障はない。

向かい風に目を細めながら、バス停に向かって前のめりに歩いた。人通りはほとんどない。雨で前髪が顔に張り付くのが気持ち悪い。

（そう、電車が止まってしまったから、仕事に来られる人が少なくて。私は休みの日だったのに、チーフがどうしても来いって……デンシャ？）

当然知っているはずなのに、なぜか馴染《なじ》まない響きの単語が、不安を煽《あお》る。

ようやく、駅前のバスロータリーが見えてきた。周囲に植えられた木々が、まるで髪を振り乱している女のように、暴風に翻弄されている。カランカランッ、と音がして、空き缶が私のすぐ脇で跳ね、飛ばされていった。

（戻らないと）

私は思った。

（行っちゃダメ。戻って。いいえ、少し立ち止まるだけでもいい）


私は止まらずに、歩き続ける。

そう、これは、過去に起こったこと。変えられないのだ。

不意に、真っ正面から大きな黒い影が飛んできた。

それが、暴風に飛ばされたどこかの看板だと気づいた瞬間、頭をものすごい衝撃が襲った。

看板が、私の頭に当たったのだ。

視界が真っ白に光り、次いで暗転する。何も見えなくなる。

通勤中の事故だ、労災は下りるだろうか、などと、私は考えていた。

ああ、でも、こんな日に外に出なければ、こんな目に遭うこともなかったのに。


（こんな日に仕事なんて、どうしてキッパリ断らなかったの、私？）

断れなかったからだ。

なぜなら、かつての私はおとなしくて引っ込み思案な性格だったから。

そう、シエナのように……。

（シエナ！）

はっ、と、私は目覚めた。


きらめくシャンデリア、草花の描かれた天井画。ざわざわと、大勢の人の気配がする。

私は、大広間の隅の長椅子で横になっていた。

「お姉様！　お姉様、大丈夫？」

すぐ横に黒髪のぽっちゃりした女の子がいて、半泣きで私の手にすがりついている。

（誰？　って、シエナだよ、決まってるじゃない何言ってんの私）

「だ、大丈夫よシエナ。あれ？　私、どうして」

起き上がると、少々フラフラはするものの、きちんと座ることができた。何人かの大人たちが駆け寄ってくる。

「リーリナ、気がついたか」

「気分はどう？」

「先程は失礼した」

私は一人一人の顔を見つめ、確かめるように名前を呼ぶ。

「ええ、大丈夫です。お父様、ルキアン兄様、それから、キーナスト総督」

（現実よね。夢？　んん？　どっちが夢だっけ。台風のさなかに出勤しろって言われて看板が頭にヒットして労災？　十五歳の誕生日パーティで皇妃に指名されて美少女は罪？）

考え込んでいる私を見て、お父様が説明してくれる。

「アストレラント皇帝陛下からのお申し出に驚いて、お前は気を失ってしまったんだよ。まあ当然のことかもしれないな、私も驚いた」

キーナスト総督は、少し申し訳なさそうな表情だ。

「リーリナ嬢、失礼しました。名誉な知らせは皆の前で華々しくと思ったのだが、若きレディには刺激が強すぎたようです。今すぐ輿入れせよということではなく、御年《おとし》が十八になられてからの話なので、落ち着いてほしい」

（ええ、落ち着いてますとも）

私はめまぐるしく頭を働かせながら、心配そうに私を見上げるシエナの瞳を見つめる。

（こんな話、属国の一貴族が断れるわけがない。私が皇妃になることは、もう決まっちゃったんだ。私は、ラザフ王国を離れる。か弱いシエナを残して）

私はドレスを握りしめた。

（それならそれで、どーしてもっと早く思い出さなかったんだろう！　いつも見ている夢が、私の前世だって！）


そう、私は前世、藤井恵理子という日本人だった。

ぽっちゃり体型で近眼、いじめられっ子の私は、自分が嫌いだった。学生時代は学校カースト上位の子の言うことを何でも聞いて、なるべく目立たないように過ごした。

社会人になってからも状況は変わらず、頼まれたことに嫌と言えず、一人でよけいな仕事を抱え込んだ。愚痴を言えるような友達もおらず、恋をしても告白など当然できず、目立たないように気をつけながら生きて。

最後も結局、本来ならやらなくていい仕事を断れなかったせいで、三十歳で死んでしまった。

でも、次の世は、文字通り世界が変わった。

絶世の美少女に生まれたのだ。

美しいというだけで褒められて育ち、私はめきめきと自信をつけた。やはりルックスのもたらす影響は大きい。そんなやる気を燃料にして、夢に出てくる自分みたいにならないようにと勉強や自分磨きに励んだため、今の私は幸せをつかんでいる。

私は、穴が空きそうなくらいシエナを見つめた。

おとなしい妹、ひっそり生きていきたいと思っている妹。ずっと守っていこうと思っていた。でも、私はいなくなってしまう。

そうしたら、どうなる？　侯爵家の娘が、本人の望むままに生きられるとは限らない。私のような姉がいるせいで引っ込み思案な性格になってしまって、今後も嫌なことに嫌と言えなかったら、前世の私のように死んでしまう羽目になるかもしれない。

（そう、シエナは前世の私にそっくりなのよ！　あんな人生の終わり方を、もしシエナが迎えてしまったらと思うと耐えられない！）

動揺して息苦しいほどだったけれど、ふと私は気づいた。

（待って。さっき総督は、十八歳になってから、っておっしゃった？　まだあと、三年あるってこと？）

「そうか。今ならまだ、間に合うわ」

私はつぶやく。聞こえなかったのか、シエナが少し身を寄せた。

「えっ、なあに、お姉様？」

「皇帝家にお嫁に行くまで、あと三年あるのね」

「はい。皇帝陛下がきっと、あなたを幸せにして下さいますよ」

にっこりするキーナスト総督をよそに、私はシエナの肩をがっしりつかんだ。

「三年後までに、私があなたを幸せにするわ！」

キーナスト総督はギョッとし、シエナは目をぱちくりさせる。

「あの、お姉様……？」

（私はもうとっくに人生順風満帆。今さら思い出した前世は、何のため？　そう、きっと、妹《あなた》を幸せにするためなのよ！）

第二章　妹を幸せにするための三年計画

トラークル侯爵家令嬢リーリナ・ルディスマン、アストレラント皇帝第二妃に内定。

そのニュースは、ラザフ王国の社交界を駆けめぐった。

お父様、つまりトラークル侯爵ライナー・ルディスマンは、ただちにこのお話をお受けする旨の返事をし、皇帝陛下と私の婚約は正式なものとなった。

ルディスマン家には帝国から支度金が支払われ、私にはいつもの家庭教師に加えてもう一人、皇妃教育のための教師がついた。

とはいっても、今世の私は勉強好き。すでにアスタル語を始めとする数ヶ国語の日常会話をマスターしていたし、セラフィマお母様のルーツとして帝国にも興味を持って学んでいたため、その知識を深めたり宮廷作法を覚えたりしていく、といった感じである。

そして、さらにもう一人、私にはある人物が付き添うことになった。

「改めて、ご婚約、お祝い申し上げます」

私の手の甲にキスしたのは、ハルランド・キーナスト総督だ。

帝国から派遣されてきている彼は、これから私が社交の場に出るときには、皇帝の代理としてパートナーになる。いずれ妃になる私に、めったなことが起こらないように見張る意味もあってのことだ。

私も挨拶を返す。

「ありがとうございます。皇妃に相応《ふさわ》しくなれるよう、努めてまいります」

十五歳の私から見ると、一回り年上のキーナスト総督はかなりのおっさんということになるけれど、前世をはっきりと意識した今の私から見ると、おっさんという感じはしない。享年三十歳の私の方が年上だったわけだし、こっちの世界の人ってちょっと老けて見えるので、だいたい同い年みたいな感覚だ。

（ていうか「一回り」って懐かしいわー。十二年で一巡、六十歳で還暦《かんれき》。あったあった）

前世を思い出して、特別何かが大きく変わったということはないけれど、不思議な感覚ではある。リーリナとして生きてきた記憶もちゃんとあるのに、その前が存在するのだから。日本とラザフ、故郷が二つになった感じだ。

もちろん昔の記憶なので、文化のような基本的なことや毎日の習慣などはともかく、曖昧な部分も多い。死んだ時の記憶は鮮烈だけれど。

（そういえば私、鏡の中の自分を見るたびに「私って美人だな」って思ってたけど、単に自分に自

信があるのとはちょっと違ったのね。前世の自分と比べてしまうから……だったんだわ。ある意味、客観的に見てたわけだ）

前世では自分に自信がなくて、自分が嫌いだったのだ。今世で美少女に生まれ、さらに自分を磨き、全く違う人生を歩んでいる自分にちょっとうっとりしちゃう程度のこと、誰が責められるだろう。

（ああ、自分を好きでいられるって、こんなにも幸せなことか……って、改めてしみじみ実感しちゃうわね。こうして、せっかく真逆の人生を両方、知っているんだ。この経験を愛する者のために活かさないで、なんとする！）

どうして前世なんて思い出したのか。これは天の啓示に違いない。

（皇帝家に輿入れするまで、あと三年。神様が、前世の私にそっくりな妹のシエナを幸せにするチャンスを下さったんだわ。ありがとうございます、どっちの世界の神様かわからないけど両方に感謝します！）

私の誕生日パーティから、一ヶ月が過ぎている。今日は、我が家での私的な昼食会だ。親戚や近しい間柄の者だけが集まる。

要するに、私の十五歳の誕生日パーティでいきなり婚約が決まってしまったので、今度はそのお祝いをしなくては！ という集まりだ。

私はキーナスト総督と一緒に応接室を出ると、食堂へ向かった。

（こんな小娘に付き合うなんて、この人も大変だなぁ）

私は思いながら、隣の総督を見上げる。

「付き添って下さって、ありがとうございます。お仕事もお忙しいのに。それに、総督にもご家族がいらっしゃるでしょう？」

総督は、少し驚いたように目を見開いたけれど、すぐにきらきらしい笑みを浮かべた。

「お若いのに、細やかなお気遣いありがとうございます。身軽な独り身ですよ」

「あっ、ごめんなさい、そうでしたね」

（しまった、うっかりしてた。ラザフではこのくらいの年齢の貴族男性は結婚してるのが普通だから、つい……）

恐縮していると、総督は全然気にしていない様子で言う。

「リーリナ嬢に付き添うのも、光栄の至りです。美しく聡明なあなたと、こうして腕を組んで歩けるのは、このラザフ王国では今やお身内と私くらいですから」

どうやら総督は、かなり気さくな性格のようだ。

（宗主国から来た総督閣下だもの、もっと偉そうにされるんじゃないかと思ってたけど、ホッとしたわ。これから三年間、頻繁に会うことになるし）

私がすることにも、あまりうるさく口を挟まれずに済みそうだ。

食堂に繋がる控えの間には、すでにほとんどの人が集まっていた。中に一歩踏み込んだとたん、声をかけてきた人がいる。

「リーリナぁ」

のんびりしたその声の主は、伯爵令嬢のアザレアだった。

ルディスマン家の親戚の中で数少ない、同じ年頃の彼女とは、行事のたびに顔を合わせる。十五歳のパーティの時にも来てくれていた。ちなみに私の一つ年上で、すでに社交界にもデビュー済みだ。

女の子らしいものが大好きで、ぽっちゃりした小柄な身体にレースたっぷりのドレスをまとったアザレアは、うっとりと言う。

「おめでとう！　パーティの時は大騒ぎだったから、あまり話せなかったけど、皇帝陛下のお妃なんて本当に驚いたわぁ。でも、リーリナなら立派につとめられるわね」

「ありがとう、頑張るつもりよ。ねぇアザレア、食事の後で、女の子だけでお茶しない？　シエナと三人で」

私はアザレアを誘う。

ラザフ王国では十五歳になると、大人の一員として食事会に加わる。でも、シエナはまだ十三歳なので、一緒に食事ができないのだ。

「あらぁ、でも」

アザレアはちらりと、父と話しているキーナスト総督を見る。私は笑った。

「総督にずっと見張られているわけではないのよ。それに、女の子だけのお茶会なんだから、大丈夫」

「そうなのぉ？　なら、そうしましょう。後でね」

アザレアは軽く手を振り、離れていった。


昼食会ではもちろん、私が話の中心だった。

第二妃に決まってから今まで何があったか、こういう話が来る前触れはあったのか、今はどんな勉強をしているのか。

そこから帝国にまつわる話に移っていくと、当然、キーナスト総督に次々と質問が飛んだ。

「皇帝陛下がご結婚なさってから、数年経ちますね。皇后陛下はお子が授からないことで悩んでおいでとか」

「今まで、第二妃のお話はなかったんですか？」

総督はさらっと答える。

「仲睦《むつ》まじいご夫妻なので、なかなか他の女性をという話にはならなかったようですよ」

（そんなこと言っても、皇帝陛下に子どもができないと困るわけよね。先代の皇后陛下は、自分か

ら第二妃を見つけてきて勧めたというけど、今の皇后陛下はそうしていない。もし皇后陛下がヤキモチ焼きなら、気をつけないと）

思っていると、総督は続ける。

「帝国内部の力関係も複雑なんです。どの家の誰が第二妃になるか、ということは、揉めごとの種になってしまいますから」

（ふんふん。皇后陛下は有力貴族の娘だというから、他の家が送り込んだ第二妃が次の皇帝を産むと、力関係が変わってくると。ありそうな話だわ）

大人たちはうなずいた。

「なるほど、それで遠く離れた属国から第二妃を」

「リーリナならセラフィマの娘だ、家筋も問題ない」

「ええ、リーリナ嬢なら素晴らしい皇妃におなりでしょう」

やがて会話はデリケートな問題から離れ、キーナスト総督自身についての質問タイムになってきた。総督はニコニコとソツなく答えていく。

「総督閣下は、帝国の公爵家の方でおいでしたよね」

「ええ、父がオルシアル公爵の位を継いでおります。皇帝陛下と父はいとこの間柄で」

「ご結婚はなさらないのですか？」

「ああ、したくないわけではないんです。ただ、帝国の外を見たくてフラフラ遊学しているうちに、ラザフ総督を打診されて承諾《しょうだく》してしまったので、もう長いこと帝国にすら戻っておらず」

（ああ、それでいまだに独身なんだ。って、前世の自分を思い出すと人のこと言えたアレじゃないけど）

会話を聞きながら思っていると、総督は苦笑した。

「そろそろ父も、不真面目な次男のことなどいないものと思っているかもしれませんね」

「そんなことおっしゃって。きっと、戻ったとたんに結婚話が殺到なさるわ」

「いやいや、それ以前に家に入れてもらえるかどうか。リーリナ嬢の輿入れの際、私もご一緒して帰国するので、リーリナ嬢に取りなして頂こうかな」

私は心配になって、口を挟んだ。

「私の付き添いのために、総督閣下はあと三年もご実家に戻れないし、結婚もできない、ということですか？」

帝国の公爵家令息ともなれば、結婚も簡単ではないのだろうから、結婚したいなら家に戻らなくては話にならないのではないだろうか。

彼は微笑む。

「戻ろうと思えば戻れるんですよ、副総督もおりますから。お優しいリーリナ嬢にご心配をおかけしてしまいましたか、申し訳ありません」

私を持ち上げるところまで、キーナスト総督はソツがない。

（前世でもこういう人いたな。ムードメーカーで、この人がいると色々なことが上手く回る、みたいな。陰キャの私にはまぶしくて、羨《うらや》ましかったもんだ）

妙な懐かしみ方をしてしまったけれど、今なら思う。その人も努力の結果、そうなったのかもしれない、と。

前世の私にそっくりのシエナは、総督みたいなタイプの人を見ると、どんなふうに感じるのだろう。やっぱり自分と比べてしまうだろうか。

そう思ったら、何だか切なくなってしまった。

昼食が終わり、大人たちがお茶を飲みながら話を続けている間に、私とアザレアはそれぞれの両親に断って食堂を出た。

別室で食事を済ませたシエナは、テラスのテーブルで待っていた。紅葉した庭の木々を背景に、メイドのポリーナが、お茶やお菓子の準備をしている。

「待たせてごめんなさいねぇ、シエナ」

アザレアが話しかけると、シエナは急いで立ち上がって挨拶する。

「アザレア、あの、ごきげんよう」

控えめな紺のドレスを着たシエナは、今日も可愛い。

私は座りながら、微笑みかける。

「あー、やっぱり私たちだけの方が落ち着くわ。……ねぇアザレア、夏に王都のパーティにも行ったのでしょう。どう、大変だった？」

アザレアは、のんびりと紅茶のカップを手にしながら答える。

「楽しむ余裕なんて、全然ないわよぉ。叔母《おば》がお目付け役としてずっとそばにいて、会う人会う人、あれはどこの誰さんで誰と縁続き、これはどのくらいお金持ちの誰さんって説明されて、ダンスのお相手をして、帰宅。それが何日もあるんだもの」

「何日も……」

シエナは、それを聞いて表情を曇《くも》らせる。

彼女は運動神経が壊滅的で、特にダンスが苦手なのだ。必死で練習して、ようやくワルツだけは踊れるようになったけれど、それも『かろうじて』といった感じ。

私は今でこそダンスが得意だけれど、前世では運動会のダンスが嫌で仕方なかった。だから、シエナの気持ちは痛いほどよくわかる。

(シエナ……何とかしてあげたいな)

私はこのことを、心に留めておくことにした。

ポリーナが立ち去ったタイミングで、私は切り出す。

「……ところで、ちょっと提案があるんだけど」

「あら、なぁに？」

アザレアが首を傾《かし》げた。私は説明する。

「私たち、貴族の娘として、慈善活動にも力を入れることになるでしょう？」

高貴な家に生まれた人間は、その分、庶民を助け導くべき。そういう考え方は、この国では一般的だ。だからお父様は教会に寄付をしているし、マリアンネお母様もよく病院を訪ねて患者さんの話し相手になっている。

私は続けた。

「それ、私たちで一緒にやったらいいと思わない？　力を合わせた方が、素敵なことができるんじゃないかと思うの」

「面白い提案ねぇ。でも、急にどうしたの？」

アザレアに聞かれて、私は少し愁《うれ》いを含んだ微笑みを浮かべて見せた。

「帝国に行ったら、もう帰ってこれないかもしれないでしょ。何か、ラザフに残していきたいの。こんな青二才にできることは限られているでしょうけど」

「アオニサイ？」

アザレアが首を傾げる。

（おっと、日本語が出ちゃった）

私は言い直した。

「ええっと、まだ十五歳の小娘だし、ってこと。それに、私もこの国の人々を忘れたくない。目に焼きつけてから行きたいわ」

「お姉様……」

シエナは寂しそうに私を見つめ、アザレアはうなずく。

「なるほどねぇ。でもあなた、皇妃教育で忙しいのではなくて？」

私は後ろめたい表情を作りながら、軽く肩をすくめた。

「ええ。実は、皇妃教育の息抜きに、外に出てアザレアと会いたいのが正直なところ。一緒に慈善活動するって言えば、言い訳が立つでしょ」

「なぁんだ」

彼女はクスクスと笑う。

「もちろん、いいわよぉリーリナ。一緒にやりましょ」

「ありがとう！」

私は言って、成り行きを見守っているシエナにも目を向ける。

「シエナも一緒がいいわ！」

「えっ？　わ、私も……？」

妹は驚く。

私は目ヂカラを込めて、彼女を見つめた。

「姉妹で過ごす時間も減ってしまっているんだもの、私、寂しくて……。それに、人手が必要なの。お願い、手伝って？」

シエナはおどおどと、私とアザレアの顔を交互に見ながらうなずいた。

「あ、え……ええ。わ、私みたいな、鈍い子なんかでも、お手伝いできる、なら」

「よかった、助かるわ！」

（よし、強引だけど言質《げんち》取った）

私はテーブルの下で、密《ひそ》かに拳を握る。

そう、私は考えたのだ。

私がいなくなった後、シエナが彼女自身の人生を生きられるようにするには、どうしたらいいか。

皇妃を出した家ということで、シエナにも少なからず影響が出るだろうと思う。

別に、今まで通り外に出るのが苦手でも、ダンスが苦手でも構わない。でも、できないことに引け目を覚えてばかりいると、『自分』を出せなくなってしまう。人の言いなりになって、嫌なことも断れなくて、ひいては前世の私のように早死にすることになるかもしれない。そんなことにだけは、どうしてもさせたくないのだ。

彼女に必要なのは、ただ一つ。

自信だ。自分はこれでいい、これで行く、という自信。

外に出たくないなら、家での時間が充実していればいい。ワルツしか踊れないなら、『ワルツの君』と呼ばれればいい。

そもそも、私がこんなにシエナを愛しているのを見てもわかるとおり、彼女には愛されポイントが山ほどある。でも、私が褒めても今のシエナは、それを信じることができないだろう。

幼い頃、明るくて活発だったシエナ――あの頃の自信を取り戻すために、私に何ができるだろう？

（シエナと行動を共にして、何でもいい、シエナのいいところを伸ばして自信につなげるのよ）

私は真剣に、妹のための三年計画を練った。そこで思いついたのが、私の慈善活動にシエナを引っ張り込むことだったのだ。

そうすれば、ぽっちゃり体型を気にしているシエナが、家から出る。

歩くだけでも、身体を動かす。

活動に時間を使うことで、間食をしなくなる。

そして、人との触れ合いに慣れる。

（活動内容も、効果的に進められるように、もう考えてあるからね）

アザレアも一緒なら百人力だ。彼女はおっとりしてはいるけれど、しっかり者である。

私はテラスから青空を見上げ、フン、と鼻息をついた。

（きっと、シエナが自分で自分を好きになれるようにしてみせる。姉の私に、どーんと任せておきなさい！）

シエナはそんな私を、「お、お姉様……？」と怯《おび》えたように見つめてくるのだった。

その日の夜に早速、私はお父様に直談判をしに行った。

書斎の椅子にゆったりと腰かけたお父様は、おやおや、と笑う。

「十五歳でもう慈善活動かい、リーリナ」

「だって、帝国に行ったら、もう帰ってこれないかもしれないんですもの。何か、ラザフに残していきたいの」

皆に話したのと同じ内容を繰り返すと、父はふと涙ぐんだ。

「そんなに寂しいことを言わないでおくれ」

「お父様……」

肘掛けの手にそっと触れると、お父様はもう片方の手で、私の手をポンポンと叩く。

「皇妃にというお話を頂いたときは舞い上がってしまったが、そうだな、帝都は遠い。もちろん、セラフィマが繋いでくれた皇帝家とのご縁は、ありがたいことと思っているがね」

「……はい」

お父様の口からお母様の名前が出ると、何だかホッとする。お父様の心にはまだ、お母様の面影があるのだと、そう思えるからだ。

二人は政略結婚だったけれど、この家を盛り立てていこうという気持ちが一致していて、同志としてとても仲が良かったという。

「リーリナの気持ちはよくわかった」

お父様はうなずいた。

「皇妃教育に集中しなさいと言いたいところだが、お前のことだからどちらも怠《おこた》らずにやるだろう。よし、好きにやりなさい」

「わぁ、ありがとうお父様！」

私は両手を組んで喜びながら、心の中で自画自賛する。

（これって結局、ずっと勤勉にやってきて信用を勝ち得ていたからこそよね！　さすがは私！　さすわた！）

お父様は付け加える。

「必要なら手を貸すから、相談するように。最初は誰かに付き添ってもらった方がいいな。それと、キーナスト総督にはきちんと断りを入れておきなさい」

「あっ、はい」

私もうなずいた。

（まあ、それはそうね。私の居場所くらいははっきりさせておかないと）

総督はラザフ王国を見張っている立場上、王宮で行われる様々な会議に出たり、軍や各地の視察をしたりするため、いつも私のパートナーとしてそばにいられるわけではない。こちらから、何をしているかをこまめに知らせておくことにしよう。


書斎を出たところで、本を取りに来たらしいシエナとばったり会った。

「あ、お姉様」

「シエナ、お父様に慈善活動のお許しをもらってきたわ」

「そ、そう……私、あの、私なんかに、ちゃんとお手伝いできるかしら」

不安そうにしているシエナに、私は笑いかける。

「一緒にやるんだから、大丈夫よ！」

（シエナには、本当はシエナのためだってことは、言わないでおこう）

私は思う。

シエナに自信を持って欲しい、なんていきなり言い聞かせたら、絶対プレッシャーになる。私が数年後にいなくなる今、そんなことを言われたら、きっとシエナはこう思うに違いない。

『お姉様がいなくなった後、私がしっかりしろということなのね……！』

（まずいまずい。シエナはそれでますます萎縮《いしゅく》するタイプだし、そもそも先妻の娘の私に遠慮があるから、姉の言う通りにしなくては、と思い込んでしまう。それじゃダメなのよ）

同じ理由で、マリアンネお母様にも知られない方がいいだろう。私がシエナにプレッシャーをかけているなんて受け取られてしまったら、当然、いい気はしない。

（あくまでも、お嫁に行く前に慈善活動をしたい私の手伝いをしてもらうだけ。誰に対しても、それで通そう！）

こうして、私はあちらこちらに何通も手紙を書き、関わる人の予定を合わせ、必要なものを揃えた。

季節は、秋から冬に移り変わっていく。

いざ、慈善活動初日。

私は、ルディスマン家が治めるトラークル侯爵領の、ある町にやってきた。

町の北側は大河と接していて、他地域との船での行き来がさかんなため、大きな会社や市場、商店の立ち並ぶ賑やかな場所になっている。そしてその周囲を囲むように、中流階級の人々が暮らす瀟洒《しょうしゃ》な家々が立ち並んでいた。

けれど、私たちが馬車から降り立ったのは、そのさらに外側だった。労働者たちの暮らす、下町である。

メンバーは私とシエナ、そしてアザレアの他に、もう一人。

「ラザフの下町に来るのは、僕は初めてだな」

いとこのルキアン兄様だ。王国近衛騎士団に所属する兄様は、今月は休暇にあたる。

「リーリナが過ごす場所に危険がないか、確認しておかなくてはならないからな。君のお父上からも、それにキーナスト総督からも頼まれた」

兄様はそう言って、同行を申し出てきたのだった。

（ありがたいけど、兄様は完璧主義だからなぁ。細かいダメ出しをされませんように。特に……）

私は、ぴったり横についているシエナに視線をやった。

（緊張しているシエナに、兄様があまりお小言を言わないでくれるといいんだけど）

馬車から降りると、息が白く立ち上る。ラザフの冬はそこまで厳しくないけれど、日陰を歩くとブーツの足がザクッと霜柱《しもばしら》を踏んだ。

「こっちよ」

私は、皆を案内して町の中に入った。店の立ち並ぶ通りは雑然としていて、うっすらと肥料か何かの匂いがする。飛び交う言葉も下町風だ。

私たちは全員、なるべく地味な格好をしてきた。とはいえ、コートを着込んだ若い娘が三人、その後ろを背の高いルキアン兄様が歩いているとやはり目立ってしまい、視線をビシバシ感じる。

「リーリナ様、こちらです！」

一軒の建物から、町長が出てくる。

私はそちらに近寄り、挨拶した。

「町長さん、お忙しいところすみません」

「いいえ、とんでもないことでございます。侯爵家のみなさまにはいつもお世話になっておりますので」

帽子を取りながら、彼は続ける。

「しかも、この町のために慈善を施して下さると……ありがたいことです」

町長には、空き家を一軒借りる約束を取りつけていた。元々は雑貨店だったらしいそこは、ガラス窓もないし壁にもヒビが入っていたけれど、ざっと掃除してくれたらしく汚くはない。

板張りの床に、商品を並べていたらしい台と、木製のスツールがいくつかある。石炭ストーブも焚かれていた。

「十分です、ありがとうございます。しばらくお借りします」

「何かご入り用のものがありましたら、ご連絡下さい」

町長は言って、出て行った。兄様もざっと中を見回してから、

「じゃ、僕は邪魔にならないよう、外で様子を見ているよ」

と言って、やはり出て行く。

「ここで、町の子どもたち相手に、慈善活動をするのぉ？」

アザレアが物珍しげに、建物の中を見回した。

私はうなずく。

「まずは、ちょっと立ち寄ってもらうだけでいいの。働いている子もいるから、邪魔にならないように……ね」

準備を終えた私は、外に出た。ルキアン兄様の姿は見えない。

(どこにいるのかしら)

私は思いながらも、通りで遊んでいる子どもたちに声をかけた。

「こんにちは。私はリーリナというの。お名前は？」

三人は、みんな七、八歳ほどに見えた。私をじっと見つめ返し、何となく緊張した様子だったけれど、順に答える。

「ラリサ」

「レフ」

「ジーナ」

「みんな素敵な名前ね。自分の名前、書ける？」

聞いてみると、三人とも首を横に振った。

下町の人々には、文字が書けない人が多い。大人でも、何かの書類に書き込むサインは『V』に似たただのチェック印だったりする。

「それじゃあ、お近づきの印に、カードをプレゼントするわね」

私はしゃがみ込むと、用意していた小さな紙のカードを取り出した。

このカードは、貴族の間でよく使われるものだ。誰かの屋敷を訪問して相手が不在だったときに、名前を書いて残していくのに使う。

ルディスマン家の人間は家紋入りのを使うけれど、私はそれとは別に業者に注文して、花柄のオリジナルデザインを用意した。

裏の白い面に、鉛筆でラリサの名前を書く。

「はい、これがラリサ。……レフはこれ。ジーナはこれね」

渡すと、子どもたちは目を丸くしてカードを眺めている。

レフが私を見た。

「これ、オレの名前？」

「そうよ」

私は愛想よく笑いかけた。

「名前、自分で書けるようになりたくない？」

子どもたちは顔を見合わせ、そしてうなずいた。

暖かい店の中の台には、紙と鉛筆が用意してあった。

子どもたちを連れて中に入ると、シエナとアザレアが待っていた。アザレアが手招きをする。

「ようこそ、いらっしゃい。ここに座って」

緊張している様子の子どもたちをとにかく座らせ、二人はまずお手本を書いてみせる。

「えっと……ゆっくり書くね……」

シエナは真顔で教えているけれど、子どもが相手のせいか、思ったほど緊張してはいないようだ。

最初はぎこちなかった子どもたちも、書いているうちに「難しいな」「まっすぐ書けないよー」などと話をするようになってきて、笑顔も見え始めた。

そして、何度か練習したのち、いびつではあるけれど読める文字を書けるようになった。

「自分の名前、これで書けるわね。それじゃあ最後に、新しいカードに清書して、できあがりにしましょう」

新しいカードを渡すと、子どもたちはせいいっぱい丁寧に名前を書いた。

「書けた！　これ、もらっていいの？」

「もちろん、持って帰って。時々見て、忘れないようにしてね」

子どもたちは名前入りカードをまじまじと眺め、大事そうに持って出て行った。

（シエナにも自信を持ってほしいけれど、下町の人たちも、自分で文字を書けたら自信を持てるようになるんじゃないかしら）

私はそう思いながら、彼らを見送る。

シエナを引っ張り込む形で、どんな慈善活動をすればいいか考えた時、思いついたのがこれだったのだ。私塾……というにはあまりに小規模だけれど、せっかくだから一人でも多くの人に自信を持ってもらいたい。

今度は交代で、アザレアが外に出て行き、そして他の子を連れて戻ってきた。

「はい、『名前屋さん』にお客さんですわよぉ」

私は笑ってしまった。

「『名前屋さん』、いいわね。さぁ、こっちにどうぞ！」

初日はそのような感じで、何人かの子に自分の名前の書き方を教えて終わった。

そろそろ撤収かな、と思っていると、斜め向かいのお店からスッと、ルキアン兄様が姿を現した。どうやらお店の人に頼んで、店番のふりをしながらこちらの様子を見ていたらしい。

「学校に通っていない下町の子どもに、読み書きを教える活動……ってことか」

兄様の言葉に、そうそう、と私はうなずく。

「名前だけでも、書けると違うと思うから」

「そんなもの、お前が教えなくたって、学ぶ気のあるやつは自分で学ぶだろう？　下町に字の書ける人間がいないわけじゃないいんだから、自分から頼んで教わればいいじゃないか」

兄様は呆れたように、ため息をつく。

「騎士団にも、全然上達しないくせに教えも乞わない、どうしようもないやつが何人もいる。やる気のないやつは本当にやらないんだよな」

「うっ」

（な、何だか、前世の私に言われているみたい……！）

ザックリ刺されたような気分になって胸を押さえながら、私は説明した。

「あ、あのね、兄様。やる気の問題じゃ、ないことも、あるんじゃないかなー、なんて」

「え？」

「子どもの頃から、生活の中で文字を使っていなかったら、そもそも目が向かないでしょ。それに、ええっと……何か大事なことがあって、他のことに時間を割《さ》けなかったり。変化が怖くて……今のままにしておきたいと思ったり……」

ただ、何事もなく毎日が過ぎることを大事に思う人だって、いる。

「……ふーん」

不思議そうな声に我に返ると、ルキアン兄様が私をまじまじと見つめている。

「自己研鑽《けんさん》を怠らないリーリナがそんなことを言うなんて、意外だな」

「わ、私の話じゃありませんのことよ？　そういう人もいましてございますことよ？」

「なんだその変な言葉遣いは……。まあ、わかったよ。そこに文字があるんだと人々に教えて、何かが始まればいいし、あとは勝手にしろという感じか」

兄様は、言葉選びは微妙だけれど、ひとまず納得してくれたようだ。

「ま、まぁそんな感じ……かしら。何かのきっかけになれば、それでいいと思ってるの」

私は苦笑いしながらうなずいた。

（そう。これは、きっかけ）

私の視線の先には、ぎこちなく片づけをしているシエナがいる。

（前世の記憶を取り戻して、自信ってすごく大事だと思い知ったから。シエナもみんなも、きっかけを掴んでくれますように！）


最初は自分の名前だけを書くことで始まった、『名前屋さん』。

綺麗なカードを持ち帰った子はそれを親に見せ、そして次の機会にまたやってくる。

「かあさんの名前は、どう書くの？」

やがて、家族の名前から食べ物の名前、動物の名前……

単語をひとつだけ書けるようになって、帰って行く子どもたち。そこから大人たちにも、噂はひろまる。

私たち三人は、まずは週に一度、下町で『名前屋さん』を開いた。子どもだけでなく、大人たちも少しずつ訪れるようになった。

（ここまでは順調ね。少し、活動を増やそう）

私は、『名前屋さん』活動を週二回に増やした。

休暇の終わったルキアン兄様は、私たちの様子を「大丈夫そうです」とお父様やキーナスト総督に報告してから、王都に戻っていった。今は、ルディスマン家の御者が近くにいて見守ってくれている。

たまにアザレアは来れないこともあったけれど、毎週続けていると、下町の人々はすっかり私たちに親しみを覚えてくれるようになった。シエナもずいぶん慣れたようだ。


春の兆《きざ》しが訪れるころ、私は三年計画を次の段階へと進めることにした。

下町から大通りを渡ったところに、学校がある。上町《うえまち》、いわゆる山の手に暮らす、中流階級の家の子たちが通う学校だ。だいたい午前中で終わり、生徒たちは家に帰って昼食を食べる。

私は校長に話を通し、生徒が帰った後の教室を借りた。机や椅子、黒板、壁に貼られた地図など、一通り揃っている。

一緒に下見に来たアザレアが、教室を見回した。

「今度はここで『名前屋さん』をするの？　こんなところまで下町の子が来るかしら」

「いつも来てくれる子たちを通して、宣伝しようと思って」

私は説明した。

「無料の食事を出すから、って言えば、親御さんも助かるから子どもたちを来させてくれると思うのよ。で、食事の後に少しお勉強の時間をとる」

「なるほど。食事は、私たちの家から持ち寄ればいいのかしら？」

貴族階級の家では慈善活動の一環で、余った食材や食べ残しを下町に持って行って、貧しい人々に分け与えることがあった。アザレアはそのことを言っているのだ。

けれどそのやり方だと、残り物なので当然栄養バランスが整っているわけもなく、家によっては味も何も関係なしにごちゃまぜに容器に詰め込むこともあるという。

もちろん、私が考えているのはそういうものではない。

「ううん、町の食堂に注文するわ。私たちの分もよ」

私が言うと、アザレアもシエナも驚いて目を見開く。

「私たちも、一緒に同じものを食べるの？」

「そう！」

私は大きくうなずく。


実は、私が考えていたのは『給食』なのだ。

日本の学校では、栄養士さんがメニューを考えた給食を、先生も生徒も食べる。栄養バランスばっちり、食育にもなる内容だし、ついでに安い。

前世、ずっと日本で暮らしていた私（恵理子）は、それが普通だと思って育った。ところが、企業の社員食堂に就職してから受けた講習で、実は世界的に見ると普通ではないらしいことを知ったのだ。

国によっては例えば、生徒はビュッフェ形式で好きなものだけ取ったり、売店で買ったり、家に帰って食べたりする。当然、そこに栄養士《プロ》さんの知識は入らない。

私（リーリナ）はこれまで、ルディスマン家の食事を食べて育ってきたわけだけれど、前世を思い出してから少し気になっていた。貴族の家の食事も、結構な偏《かたよ》りがある。

（とにかく、肉が多いのよね！）

私の体型が完璧なのは、単に体質だろう。何を食べても体型が変わらない人間は、確かに存在する。

そして、私は考えたのだ。

（シエナに、一日一食でいいから、栄養バランスのいい食事を食べさせたい！）

「ね、アザレア、シエナ。メニューは私が考えるから、つきあって。お願い」

両手を組んで、お祈りのポーズをとる。

「もう。リーリナったら、何を考えているのかしら、ほんと。ええ、いいわよぉ」

アザレアは苦笑しながらも、了承してくれた。

シエナはちょっと不安そうだったけれど、私は力強くうなずいてみせた。

その後、アザレアは先に帰り、私とシエナは町の食堂に注文に行った。夕食の仕込みより前の時間なので、店は空いている。

「週に二度、十五人分ずつですね。リーリナお嬢様のご注文なら、もちろんお引き受けしますよ」

食堂を切り盛りする若い店長夫婦が請け合ってくれた。

「お願いします。もしかしたら今後、増えるかもしれないけれど」

私は、書いて持ってきたメニューとレシピを見せた。

店長は目を通し、不思議そうな声をあげる。

「変わった料理ばかりですね」

「ええと、ほら私、婚約が決まってから色々な人と会うようになったのよ。それで、ラザフ王国以外の場所の料理にも興味を持って、会う人会う人にレシピを教えてもらったの」

――もちろん、嘘である。前世で覚えたレシピだ。さすがに、皇妃になろうという令嬢が『私が前世で作った料理なの！』なんて突拍子もないことは言えないので、曖昧にしておいた。

私は栄養士などの資格は持っていなかったけれど、社員食堂で働いていた頃の定番メニューは何度も何度もなーんども作ったためか、なんとなく覚えている。

ただし、細かい分量は覚えていないので目分量になるし、まさか家で試しに作ってみるわけにもいかない。そのため、レシピはめちゃくちゃアバウトである。まあ、使うのはラザフの食材なので、こちらのプロにアレンジしてもらおう。

「だいたいのところしか書けなかったので、あとは店長さんに整えていただければと思って。作れそうなものをお願いします。必要な食材は書き出して、私に知らせて下さい。うちの料理長が、この分の食材も一緒に注文してくれるので」

「おお、ルディスマン家御用達の業者なら、揃わないものはない！　これは腕が鳴るな。でも、ざっと見た感じでは、それほど高価な食材は使わない料理のようですね」

店長はふむふむとうなずいた。

「まずは試作してみます」

「お願いします」

試食の日を決め、料金の話もして、その日はひとまず店を出る。

帰りの馬車の中で、私はシエナに聞いた。

「どう、学校で『名前屋さん』って面白そうでしょう？」

「ええ……そうね……学校って、行ったことがないし」

シエナはおずおずと微笑み、そして上目遣いで私に聞いた。

「もしかして、その後も何か、するの？　お姉様、何か企《たくら》ん……えっと、計画なさっているような感じが……」

(鋭い！　さすがは私の妹！)

私はニッコリしてみせた。

「そうね、もっとすごいことができれば、それに越したことはないと思っているわ。えっと、ラザフのためにね。でも、三年……いいえ、もうあと二年半？　あまり時間がないから、どこまでできるかしら」

「お姉様……」

シエナが寂しそうに表情を曇らせたので、私はあわてて彼女の手を握った。

「ね、今夜は久しぶりに、一緒の部屋で眠らない？　私の部屋に来て。ポリーナには言っておくから」

「わぁ……。一緒に寝るの、本当に久しぶり」

シエナの表情が明るくなり、でもすぐに目を伏せた。

「でも私、ベッドで場所をとっちゃうから、邪魔かも……」

「シエナったら、気にしすぎよ」

私はそう言いつつも、心の中でこっそりとつぶやく。

(太っていると気にしている妹よ。一緒に寝るのも、君のためだ)

夜になり、寝間着姿のシエナがやってくると、私たちはベッドでおしゃべりしたり、一緒に本を読んだりした。そしてそのまま、早めに眠りに就く。

（これだけのことが、今までのシエナには、結構難しかったはずなのよね）

普通、貴族の部屋にはビスケット・ジャー――ビスケット入りの瓶が置いてある。お腹が空いたらいつでもつまめるように、使用人が欠かさず用意してくれているものだ。私も、それが当たり前だと思っていた。

シエナは夜遅くまで本を読んでいることが多く、お腹が空くと夜でもビスケットを食べていたらしい。

けれど、前世の記憶のある私から見たら、これはいかん！　と思うわけである。

（寝る前二時間は、なるべく食べない。ダイエットの基本ね）

そこでポリーナに言って、私の部屋からはビスケット・ジャーを撤去してもらった。

こうして、「今日も一緒に寝ましょ」「しばらく一緒に寝ましょ」と夜を一緒に過ごすようになって、シエナは夜食を食べなくなった。

「お腹が空いちゃった……」

シエナがそう言うこともたまにはあるけれど、そんなときは果物を少しだけ二人で食べる。

（シエナと一緒に、私も気をつけるわ！　たとえ、この美貌にますます磨きがかかってしまっても！）

翌週、町の食堂にて。

アザレアとシエナは、試食用の定食を食べて顔をパアッと明るくした。

「美味しい！」

メインは、メンチカツだ。こんがりきつね色のカツをザクッ、と噛むと、たっぷりキャベツの触感と香ばしい衣、それに肉の味が渾然《こんぜん》一体となって口に広がる。もう一口かじると、奥からとろりとチーズのコクが加わった。

付け合わせは、数種類のキノコと春野菜のソテー。少しのバターで炒め、最後に柑橘《かんきつ》を搾《しぼ》ってあるので、口の中がさっぱりする。

スープは副菜も兼ねて、ポトフだ。ゴロゴロ大きめに切った根菜は中まで柔らかく、自然な甘みを感じる。下町のパンは固めだけれど、ポトフに浸《ひた》して食べれば十分美味しい。

「美味しいわぁ。下町の人たちと同じって、いったい何を食べることになるのかと気になってたけど、驚きよ。うちの料理人にも作ってもらおうかしら」

アザレアは一口一口、味わいながら食べている。

「シエナはどう？」

聞いてみると、彼女は目を見開いた顔で私を見た。

「美味しくて、本当、驚いてるの……」

「よかった！」

ラザフで安く入手できるのは、パンや芋などの炭水化物系の食べ物である。下町の人たちは、主にそれでお腹を満たしている。一方、貴族の家では、肉を始めタンパク質系が多い。

それならバランスを取るため、お昼の給食は野菜中心にしようと私は考えた。

（ヘルシーな定食と言えば、豆腐がほしいところだけどね。あと、味噌や醤油があればなぁ。こちらの発酵食品も、おいおい調べてみないと）

私は振り返って、感想を待っている店長さんをほめちぎった。

「とっても美味しいわ！　作り方、あまり細かくは書けなかったんですけど、店長さんの腕で完璧に仕上がってます」

「ありがとうございます、それはよかった！」

店長もニコニコしている。

「いや、私も勉強になりました。うちのメニューにも取り入れさせてもらいます。塩をあまり使わないのも面白いですね」

そう、私は塩分も気になっていたのだ。

こちらは割と味付けが濃いので、シエナのぽっちゃりは塩分によるむくみもあるのかも……と思ったのだ。だから、給食は塩分控えめである。

前世の職場でも、メニューにカロリーと塩分の表示は必須だった。気をつけなくてはならない重要なポイントだからだ。

塩分を控えても物足りなくならないようにするために、ハーブやスパイスを使ってコクや風味を加えるという方法は、前世の職場でも使われていた。その辺、ルディスマン家の料理人なら材料を入手しやすい。


（これでまた私、帝国に行く頃まではさらに美しくなっちゃうかも。って、また自分に酔ってるみたいだけど、前世と今世を比較しちゃうとどうしても！　うーん、皇后様とガチバトルになったらどうしよう）

割と本気で考える、私だった。


下町の子どもたちは、最初は学校に来ること自体に戸惑っていたし、それに学校で食事をすることにも驚いていた。

だがしかし、美味しいごはんは正義である。

最初の給食を、子どもの好きそうなメニューにしたら、喜んでたくさん食べてくれた。

「これ、おいしい」

「ここにくると、いつも食べられるの？　やったー」

（ふふ。そういえば学校の給食って、長期休暇明けなんかは子どもたちに人気のカレーだったっけ。ああやって給食でテンションを上げていくのも、工夫よね）

私は懐かしく思い出す。

そんな成り行きで、子どもたちはすぐに『学校で給食を食べること』に慣れた。

「シエナさま、お豆、嫌いなの？」

子どもたちに突っ込まれたシエナが、お手本になろうとしてか、

「そ、そんなことないわ、食べられます」

と苦手な豆サラダをちゃんと食べているところも微笑ましい。

（いい影響ね。あー、うちの妹ホント可愛いな！）

私はデレデレである。

食事の後は、子どもたちに手伝ってもらってキャリーに食器を片づけ、食堂に引き取ってもらう。

その後で「授業」だ。少しずつ、文章を書ける子も増えてきた。それに、計算ができる子も。

「『名前屋さん』が、『名前学校』になったわね」

アザレアが、うふふ、と笑った。

できることが増えると、やる気が出る。また別のことをやってみようと思える。シエナも子どもたちもそんな気持ちになってくれたらと、私は応援している。

（健康と知識と教養は、どんな世界でも、どんな時代のどんな階級の人にとっても、財産だと思う

から）

この子たちが大人になる頃、私はラザフにはいない。でも、そういった財産を武器にして活躍してくれるといいな……と、心から願っている。

「さぁ、今日はここまでにしましょう。また来てね！」

立ち上がった時、教室の戸口からルディスマン家の御者の顔が覗《のぞ》いた。彼は、教室の周りを常に見回ってくれている。

「リーリナ様、お客様がお見えです」

「お客様？」

御者が身体を引き、替わりに姿を現した人物を見て、私は思わず「オフッ」と変な声を出してしまった。

「リーリナ嬢、失礼」

金髪美丈夫、ハルランド・キーナスト総督である。

「そ、総督！　こんな場所にお越しになるなんて」

私はあわてて駆け寄った。

キーナスト総督は、場所に合わせてかとても地味な格好をしていたけれど、スッと私の手を取って指先にキスした。我が家で会った時と、まるで変わらない態度だ。近くにいた子どもたちがそれを見て、目を丸くしている。

総督は楽しそうに笑った。

「リーリナ嬢がどんな慈善活動をなさっているのか、一度見てみたかったもので。お邪魔になっていたら申し訳ない」

「もしかして、お待たせしましたか？　いつからいらしたんですか？」

「食事の終わりあたりですね。美味しそうなものを食べているなぁ、と」

そう言った総督は、シエナとアザレアにもあいさつした。そして、私に尋ねてくる。

「最近、ルディスマン家でいただく食事が少し変わってきたような気がするんですが、もしかしてリーリナ嬢の影響ですか？」


総督は、時間ができると我が家に泊まりにやって来るので、食事をともにすることも多い。

実は、私がルディスマン家の料理人を通して食材を注文するため、料理人が給食のメニューに興味を持ち始めたのだ。

ある日、私はお父様に呼ばれてこう言われた。

「リーリナが慈善活動で子どもたちに出しているメニューを、料理人が知りたがっているよ」

（よしっ！）

私はこっそりガッツポーズをしたものだ。

タンパク質祭りのルディスマン家の食事も改善できたら、そりゃあすばらしい。でも、料理人にもプライドがある。いつも美味しい料理を作ってもらっている手前、しかもお父様お母様を差し置いて、娘の私が変えろとは言えなかった。

（そもそも、私が料理の仕方を知っていたらおかしいのよ。日本とは違うんだから）

お湯の沸かし方さえ知らないのが、ラザフの貴族令嬢なのである。

というわけで、料理人の方から言い出してくれたのは、本当にありがたいことだった。

私は我が家の料理人に会い、食堂の店長に話した時のように「婚約が決まってから色々な人と会うようになってラザフ王国以外の場所の料理にも興味が云々《うんぬん》」というあの説明をしてみせた。

塩分についても、こんな感じでぼかしまくって話した。

「町のレストランで、シェフが話していたの。塩を減らすと身体にいいのですって」

（もし日本なら、「友達の話なんだけど」「うちのばっちゃが言うには」「ファストフード店の女子高生が言ってて」みたいにごまかすところね）

ちょっと、懐かしい。

とにかく、私は筆記用具を箱にしまいながら、総督にその辺を簡単に説明した。

「私は、下町の子たちがあまりたっぷり食べられない野菜を……と思っただけなんです。それを、食堂の料理人や我が家の料理人が、上手に取り入れてくれて」

自信を持たせよう、というのもそうだけど食事についても、たまたまシエナのために考えたことが下町の子たちのためにもなると気づいただけなのだ。

総督は、教室から出ていく子どもたちを見送っている。

「ルキアン殿から色々と聞いてはいましたが、私もさっきこのあたりを一周してきました。治安も悪くなさそうですし、建物も思ったよりずっと綺麗で、私としてもホッとしています。いやぁ、リーリナ嬢のお考えになった活動、面白いですね」

彼は私に視線を戻す。

「カードを使って子どもたちの興味を引き、名前を書けるようにし、識字率を上げる。さらに食事の提供をして学校に誘導、子どもたちを健康にしていきながら他の勉強にも繋げていく……というわけですね」

「はい。これが、下町が豊かになる手助けになっているといいんですが。もちろん、すぐには結果が出ないでしょうけれど」

片づけを終えた私は、コートを着ながら続ける。

「子どもの頃から自信を持てていれば、大人になった時、きっとそれぞれの花を咲かせてくれると思うので」

「……見事です」

総督のその声が、とても感じ入ったような口調だったので、私はちょっと驚いて彼の顔を見上げてしまった。

藍色の瞳をきらめかせた総督は、とても満足そうな笑顔だ。

「いや、僭越《せんえつ》ながら私は今、皇帝陛下の代理としてリーリナ嬢のそばにいますからね。つい思ってしまうんです、誇らしい婚約者だな……と」

一瞬、総督が本当に婚約者みたいに思えてしまって、私はドキッとした。

「み、身に余る光栄です」

私の背後で、アザレアがひっそり微笑んでいるのを感じる。シエナは不思議そうに、私とアザレアを見比べた。

総督はさらに私に尋ねる。

「この先もまだ何か、やるんですか？」

「あっ、ええ。そのつもりです」

「楽しみだな。また、見に来させてもらいます。今日はもうご帰宅ですよね、ご一緒しましょう」

そう言った総督が、ごく自然に私の手を取った。

（いやあの、さっきから総督は何も間違ったことは言ってないし、してないんだけど……なんかこれって、女性は勘違いしてしまわない？　え？　しないの普通？　あらあらウフフ、とかって余裕を見せればいいわけ？　わ、わからない……！）

うろたえてしまった私は、何だかうまく受け答えすることができなかった。

さて、『名前学校』を続けているうちに、大人たちもちらほら来るようになった。最初は子どもに付き添う形で、やがて単独で仕事の合間に。

もちろん、忙しいので本当にたまにだけれど、来ないよりはずっといい。食堂に注文する給食も少しだけ増やし、試食と称して大人たちに食べてもらうこともあった。

もちろんずっと、私たちも同じメニューである。

今日のメニューは、お肉を炊き込んだバター風味のご飯だ。ラザフの人々はパンも食べるし、米も食べる。それに、お芋やハーブなどを混ぜたポテトサラダのような料理と、色々な野菜の入ったかきたまスープ。今日も野菜たっぷりのメニューになっている。

お肉の味が沁《し》み込んだご飯は、うまみというか甘味というか、とにかく口の中にじんわりと幸せが広がって鼻から抜けていく感じが素晴らしい。

食事を楽しみながら、ふとアザレアが視線を上に向けた。

「私、美味しいもの食べていて、いいのかしらぁ。慈善活動をする側なのに」

私は答える。

「あら、成すべき事を果たしてくれている人には、これからも続けられるように、それにもっといい活動ができるように、福利厚生があっていいと思うわ」

「フクリコウセイ……？」

アザレアが首を傾げた。

実は、私が前世の記憶を参考にして行っていたのは、給食だけじゃない。企業の福利厚生制度も手本にしているのだ。

福利厚生制度とは、言わずもがな、その企業で働く社員をねぎらって意欲をさらに高めたり、持っている能力を存分に発揮できるように支援したりする制度のことである。

例えば、私が勤めていた健康器具の会社だと、資格を取るためのお金を補助してくれたり、健康診断や人間ドックが格安で受けられたりした。もちろん、社員食堂も安く利用できた。

「要するにね、美味しいものを食べて、この活動をもっと頑張ろうって思ってくれればいいの。そのためだと思って！」

ざっくり言うと、「なるほど」とアザレアが微笑む。

「なら、遠慮なくいただくわ。その分、頑張りますわね」

すると、横からか細い声がした。

「わ……私も、この活動は素敵だと思うから……頑張る」

えっ、と振り向く。

両手の拳を握っているのは、シエナだった。頬を上気させ、深緑色の瞳をキラキラさせている。

彼女はつっかえながらも、続けた。

「活動の後のお食事ね、何だか、とても美味しいの。きっと、夢中で頑張った後だからなのかな、って。だから」

（シエナが！　おとなしかったシエナが、やる気を出してる！　最高か！）

「そうねシエナ！」

思わず、涙ぐみながら妹を抱きしめると、「きゃっ」と彼女は驚いている。

春に十四歳になったシエナは、少しずつ変わり始めたのだ。

第三章　王宮舞踏会でリサーチ！

だが、しかし。

季節は、初夏になってしまった。ラザフ王国の社交シーズンである。

このシーズンになると、貴族たちは王都オルーニンのタウンハウスに移動し、毎夜のように王宮や様々な屋敷でパーティに出席する。情報交換や政治、そして婚活のために必要な行事だ。

アザレアはすでに社交デビュー済みだし、私は今年デビューするため、このシーズンは王都へ行ってしまう。その間、領地の『名前学校』の活動は縮小せざるを得ない。

一応、シエナに「一人でやってみる？」というようなことを匂わせてみたけれど、彼女が涙ぐんでしまったので、あわてて取り消した私である。

計画は一時、ストップだ。

「シエナはまた、引きこもりになっちゃうかなぁ。まあ、ほんのひと月だもの。焦《あせ》らないでやっていこう」

馬車の窓から外を眺めながら、口の中でぶつぶつ言っていると、マリアンネお母様が首を傾げる。

「リーリナ、何か言いました？」

「いいえ、何も！」

私はにっこりと微笑む。

「あ、もう到着するみたいです、お母様」


止まった馬車から降り立つと――そこは王宮だった。

サッカー場かと思うほど広い庭園は、一面の芝生にいくつもの花壇が整えられ、初夏の色とりどりの花に彩られている。その奥に、ラザフ王国の王宮は双翼《そうよく》を広げていた。

真っ白な大階段の前に何台もの馬車が止まり、着飾った貴族たちが次々と降り立っては、階段を上って宮殿に吸い込まれていく。

私たちも階段を上り、開け放たれた扉からホールに入った。壮麗な宗教画の描かれた高い天井から豪華な金のシャンデリアが下がっている。両側の壁に取り付けられた燭台の灯《あか》りが、金の装飾にキラキラと反射してまばゆい。

私を含む、社交デビューする女性たちとその付添人は、指定された広間に向かった。ラザフの王妃陛下に挨拶するためだ。男性たちの方ももちろん、別の広間で国王陛下に挨拶する。

小ホールで待っているうちに、やがて時間がやってきた。

一番手はもちろん、未来の皇妃に決まった私だ。

「トラークル侯爵家令嬢、リーリナ・ルディスマン様！」

名前を呼ばれ、広間に入る。

一段高くなった場所、豪華な肘掛椅子に、深紅のマントをつけ金の錫杖《しゃくじょう》を手にした王妃陛下が座っていた。もう五十歳近いけれど、とても美しい方だ。

私は、ゆっくりと進み出た。ドレスは白、アクセサリーも真珠。ラザフ王国では、デビューの挨拶の時は白一色と決まっている。

私のドレスは、首回りや胸元をレースで上品に隠したものにした。その代わり腕は肩から出して、すらりと見せている。スカートは後ろに裾を引いたデザインだ。

（いやぁ、今日も私、仕上がってるー。鏡を見たら、気後れする理由がカケラも見当たらなかったわ）

いちいち前世と比べてしまう私は、今世の自分の姿が最高すぎて、不安など何一つないのだった。

マリアンネお母様に付き添われて、王妃陛下の前まで行った。片足を後ろに引き、背筋をスッとのばしたままもう片方の足を曲げ、優雅にお辞儀をする。

「王妃陛下にご挨拶申し上げます、リーリナ・ルディスマンでございます。どうぞ、これからの私をお導き下さいませ」

この程度の長さの挨拶、失敗のしようもない。前世では人前で話すのがあんなに苦手だったのに……って、別に思い出さなくてもいいことだけれど。

王妃陛下は微笑んで、口を開いた。

「リーリナ、あなたに会うのを楽しみにしておりました。あなたはあらゆる女性たちの憧れ、お手本になる女性。あなたの行く手に栄光がありますように」

お祝いの言葉をかけていただき、私とお母様は再びお辞儀をした。

広間を出て、さすがにホッとため息をつく。

「立派にご挨拶を果たしましたね、リーリナ」

お母様が褒めてくれたけれど、私が返事をするより早く誰かがお母様の名前を呼んだ。同じように娘に付き添ってきた、大人の女性たちのグループだ。

「ちょっと行ってくるわ」

お母様はそちらへ加わる。私も、挨拶を終えた令嬢たちとちょっと会話したりしながら、何とはなしにそちらの方を見ていた。

お母様は口数が少なく、控えめに受け答えしている。

（……私のことを自慢してくれてもいいのに。マリアンネお母様、ずいぶん腰が低いのね……）

侯爵夫人なのに、と思ったけれど、すぐにハッとする。

（そうよね。愛人上がり、っていう目で見られる。貴族社会はそういうところ、厳しいんだ）

周囲に冷たくされているわけではないようだけれど、偉そうにするなどありえず、お母様は気を使っているのだろう。

初めて見た、社交界でのマリアンネお母様。

（苦労、してきたんだろうな）

思っていると、名前を呼ばれた。

「リーリナ」

近づいてきたのは、王国近衛騎士団の制服をまとったルキアン兄様だ。

「二階の回廊から見ていたよ。今日も完璧だな」

兄様が褒めてくれたので、私はちょっと得意げに答えた。

「あら、私が恥をかいたらシエナの恥になるもの。シエナには、さすがお姉様！　って思われたいわ」

ルキアン兄様は呆れたような顔になる。

「皇妃になる自分のために、ではなく、妹のために頑張っているのか？」

「うーん、というか、シエナのためっていう方が大前提だから」

私は笑う。

「私の場合、妹にとって誇らしい姉でいることは、完璧でいることと同じ意味なの。改めて『皇妃になるために完璧にしないと』とか、心配する必要がないのよ。さ、あの子のデビューのために下見をしておかなくっちゃ！」

私は他の人々を見渡す。

「シエナは春生まれだから、来年にはもう社交界デビューだもの。どんなドレスがいいのかしら。体型的に、上半身に視線が行った方が……あ、あんなのもいいわね」

ルキアン兄様は、軽く首を振った。

「自分のデビューさえ妹のデビューの下見に過ぎないとは、恐れ入ったよ。僕がリーリナに感心しているのは、そういうところだ」

「え、どういうところ？」

「完璧な自分を前提にして、他人の世話を焼けるところ」

兄様は言って、じゃあ、と立ち去って行った。

(どういうこと？　自分に余裕があったら、他の人にも目を向けられるようになるって、普通じゃない？　私、前世は自分のことで精いっぱいだったかもしれないけど、今世では違うもの。ああ、ひょっとして、おせっかいにならないようにしろよっていう意味かもね)

前世と今世、正反対に振り切ってしまっているので、中間の視点が必要かもしれない。兄様の忠告（？）をありがたく思う私だった。

謁見《えっけん》が全て終了し、令息・令嬢たちはいったんそれぞれのタウンハウスに戻った。夜の王宮舞踏会に備えるためだ。

ポリーナが舞踏会用のドレスに着替えさせてくれる。謁見用のドレスもそうだけれど、とても複雑な構造をしていて、一人では着られないのだ。お父様もお母様も、それぞれ夜用の正装に着替える。

再び馬車で王宮に到着すると、小ホールに皆が集まり、開始時間を待った。やがてそれぞれのパートナーがやってきて、二人一組になる。十五歳になってすぐに婚約が決まった令嬢などは、婚約者と。それ以外の令嬢は、親族などの近しい男性と組んでいた。

私のパートナーはもちろん、ハルランド・キーナスト総督だ。

総督は私の姿を見るなり、軽く目を見開いて両手を広げた。

「リーリナ嬢、これはまた美しい。このまま絵姿にして、皇帝陛下にお見せしたいくらいだ」

(そうそう。呼吸するのと同じくらい自然に、総督は褒め言葉をすらすらと口にできる人よね)

だいぶ慣れてきた私は、余裕で微笑んでみせる。

「ありがとうございます。総督の帝国の正装も、とても凛々《りり》しくて素敵ですね！」

上品な赤の上下に襟と袖口は黒、金の装飾。本当にお世辞抜きで格好良くて、私は一瞬、対抗心を燃やしてしまった。

（私だって仕上がってるもんね。……あれ？　ここは総督の姿にドキドキするところかもしれない？）

そんな私の内心を知る由もなく、総督はいつもの笑みを浮かべる。

「未来の皇妃にお褒めいただけるとは、光栄の至り。周囲に自慢することにします。さあ、ダンスのお時間ですよ」

「はい、よろしくお願いします」

私は総督の腕に柔らかく掴まって、大広間に入った。


金と赤を基調にした大広間は、豪華で美しい。壇上には音楽家たちがずらりと並んで、音合わせをしていた。

ラザフ王国は、音楽の文化が豊かに発展している国だ。王都のあちらこちらでよく音楽会が開かれているし、秋には大きな音楽祭がある。外国からお客様が来る時も必ず生演奏でもてなすし、今日のような大規模な行事となればもちろん、高名な音楽家が何人も招かれていた。

今年デビューする若者たちが位置につくと、天から降って来るかのようにファンファーレが鳴り響き、国王・王妃両陛下がご入場になった。私たちはいっせいに頭を下げる。

国王陛下が私たちにお祝いの言葉を下さり、そして椅子に座った。

（舞踏会が、始まる）

指揮棒が上がり、華やかに音楽が始まった。

色とりどりのドレスの花が、大広間に一斉に咲き誇る。

私の水色のドレスは、一見とてもシンプルだ。上半身にはほとんど装飾がなく、でもその代わりに細い腰が強調されるデザインになっている。スカート部分は光沢のある軽い生地を重ねてあって、歩くたびに裾がふわっふわわっと揺れ、踊るときにターンすると、まるでクリームを混ぜているみたいに美しいひだができる。裾にだけ入っている銀糸《ぎんし》の刺繍《ししゅう》も、ダンスの動きを強調してくれているはずだ。

ゆるやかに踊りながらも、私は時々、周囲に視線を走らせてチェックを怠らない。

「リーリナ嬢は、ダンスもお上手なんですね」

キーナスト総督が言い、そして続けた。

「皇帝陛下も、お上手なんですよ」

「そうなんですね！　総督は、皇帝陛下と親しくされていたんですか？」

「狩りのお供を仰《おお》せつかったり、ゲームにお誘いいただいたりしていましたね」

「遊びに誘って下さっていたんですね。総督は、ラザフにいらしてからはどんな息抜きを？」

聞いてみると、総督は面白そうに笑った。

「リーリナ嬢は、皇帝陛下のことをお聞きになりませんね。気になりませんか？」

「あ」

（そうか。形だけでも色々質問責めにするべきだったかな）

皇帝のご尊顔《そんがん》は、国の公的な場所に肖像画が飾られているので知っている。黒髪をきっちりと七三に分け、上品な髭《ひげ》を生やした、やや面長《おもなが》なお方だ。生い立ちや、皇帝になるまでの経緯、なってからの政治手腕なども、伝え聞いたり書物で読んだりしている。でも、それくらいだ。

結局、私はこう答えた。

「だって、たとえ欠点がおありでも、陛下を悪く言う方はいないでしょう？　きっと皆さん、素敵な方だとおっしゃるわ。そうしたら私、気後れしてしまうかもしれないと思って。私は陛下に釣り合うかしらって」

なーんて、殊勝な言い回しをしてはみたものの。

（日本だったら、遠くにいる人とリモートお見合いでも何でもできたと思うけど、ここはそうじゃないからなぁ）

この国、この時代、情報は全て伝聞になる。一般人のお見合いとは違って、私は皇帝陛下がどんな人であってもお断りすることなく結婚するのだから、先入観を勝手に作り上げても意味がない。

転生する時のように、何も知らないまま新しい世界へ行くのもまた、いいんじゃないかと思う。

直接お会いして、陛下を知っていくことができれば、それで。

「それとも総督、陛下の欠点、何か教えて下さいますか？　足が臭いとか」

軽く言ってみたら、総督が吹き出してしまい、近くで踊っていたペアがびっくりしてこちらを見た。

「いやいや、失礼。そうですね、私がどうこう言ってリーリナ嬢に間違った印象を植え付けてしまってもよくないですし。ああ、でも」

総督は思いついたように言う。

「帝国の宮廷の雰囲気くらいは、教えて差し上げたいですね。今度、総督官邸にご招待しますよ。帝国方式で建てられているので」

「わ、それは楽しみです。ぜひ！」

私はうなずいた。


今年デビューする若者たちのダンスが終わり、そこへ大人たちが加わった。広間は一気にさんざめきを増す。

「少し休憩しますか。飲み物を持ってきますので、あのあたりで待っていて下さい」

キーナスト総督が壁際の柱の方を示してから、離れていく。

言われたとおりに待っていると、総督はすぐにグラスを片手に戻ってきた。

「どうぞ」

「ありがとうございます。あ、総督はお飲み物はいいんですか？」

「実は、今そこで誘われまして……少し踊ってきてもよろしいでしょうか？」

「ええ、もちろん。外から総督のダンスを拝見できるなんて、楽しみです」

私はうなずく。総督なら付き合いがあって当たり前だし、別に嫉妬する間柄でもない。

「そんなことを言われたら、緊張してしまいますね」

総督は明るく笑って、離れていった。

私は一人、飲み物を口にする。いつの間にか喉が渇いていたのだ。なんだかんだ、初めてのことばかりで緊張していたのかもしれない。

（会社の創立記念パーティとはわけが違うもんなぁ。セレブばっかりなんだから。って、今は自分もセレブなんだけど）

ふと、不思議な気分になる。

前世のことをはっきりと思い出してから、境遇があまりに違いすぎて、どちらかが夢みたいな気がしてしまうのだ。恵理子だった頃はドレスを着て踊るなんて思いもしなかったし、今の私は白衣にマスクで大きな鍋をかき混ぜたことなどない。きっと、今後もないだろう。

（帝国の皇妃、か。違う国へ行って、違う文化で暮らして……。そうしたら、今度はどんな私になるんだろう）

皇帝の妃ともなれば、歴史の荒波に揉まれるのだろう。そこで、私は私でいられるんだろうか。

自分を好きなままで、いられるんだろうか。

私は軽く頭を振る。

（何をビビってるの？　私らしくもない。とにかく、今はシエナのデビューのことを考えよう）

時々、通りかかった人が挨拶してくれ、私も丁寧に挨拶を返した。

（さすがに、皇帝の婚約者をダンスに誘ってくる男性はいないわね。こういうのも壁の花って言うのかしら。ルキアン兄様はどこ？　身内なら踊っても構わないと思うのだけど）

兄様を探しつつも、じっくりと令嬢たちのドレスを見物していると、キーナスト総督が女性の手を取って広間の中央に出てきた。

（あら、あれは）

私の十五歳のパーティにも来てくれていた、ジェシカ・アルトナーだった。

細身のドレスが似合っていて、相変わらず美しい。彼女の誕生日パーティにも王太子殿下はいらしていたから、私が皇妃に決まった今、彼女は王太子妃最有力候補のはず。

（それにしても、王太子殿下も大変ね……何人のパーティに行ったんだろう）

しみじみ思いながら、キーナスト総督とジェシカのダンスを鑑賞する。何か話しながら踊っているようで、二人とも余裕だ。


やがて一曲終わり、大広間の空気がふわりと緩む。

総督とジェシカが、こちらにやってきた。

「リーリナ、こんばんは。ご婚約おめでとう、さすがだわ」

いつ見てもクールなジェシカは、さらりとお祝いを言ってくれる。私は笑顔で応えた。

「ありがとう。今日のドレス、素敵ね！　ジェシカだからこそ着こなせるデザインだわと思って見ていたの」

ジェシカだからこそ、なので、シエナの参考にはならないのが残念だ。

「嬉しいわ、ありがとう。さっき総督にも褒めていただいて」

ジェシカが総督に視線を流し、そしてまた私を見る。

「リーリナもせっかく素敵なドレスなのに、あまり踊れなくて残念ね」

「本当に。後でルキアン兄様に踊ってもらうわ」

私はとりあえずそう答えた。

（まあ、ここで女性たちを眺めながらシエナのドレスをあれこれ考えるだけで、十分楽しんでるんだけど）

すると、ジェシカは淡々と言った。

「リーリナは、今のうちに十分楽しんでおかないとね。ラザフ王国の何もかもから離れてしまうのだから」

「……！」

私は一瞬、返事ができなかった。

ふ、と、ジェシカは微笑む。

「それでは、私はこれで。総督、失礼します」

彼女は立ち去っていった。


ジェシカを見送ってから、総督が私を振り向く。

「リーリナ嬢、グラスが空ですね。お代わりを……リーリナ嬢？」

「あっ、はい」

「どうかなさいましたか？」

「いえ……」

私はにっこりと、総督に話しかける。

「さっきの総督のダンスを思い出していただけです、とても優雅で素敵でした。そういえば、ジェシカとはお知り合いなんですか？」

「いや、ご両親とは話をしたことがありますが、ジェシカ嬢はリーリナ嬢の誕生日パーティでお見かけしただけです。急に話しかけられて驚きました」

総督は眉を上げて、予想外、という顔をしている。

(侯爵令嬢で美人の彼女が、ダンスの誘いを待つのではなく自分からアプローチ？　ちょっと意外だなぁ)

ジェシカにも婚約者候補たちがわんさかいて、彼らとダンスするだけでも割と大変だと思うのだけれど。

と、思っていたら。

（え……）

私は思わず、目を見張った。

ジェシカが再び、大広間の中央に出てきて――

――一緒にいるダンスのお相手は、ルキアン兄様だったのだ。

総督が、私の視線を辿《たど》る。

「ルキアン殿ですね」

「そうですねー。私も兄様に踊ってもらおうと思ったのに、先を越されてしまいました」

何気ないふうに言うと、総督は軽く顎を撫でながらうなる。

「ひょっとして、ジェシカ嬢はリーリナ嬢にライバル心をお持ちなんですか？」

「どうかしら……同じ年頃で家柄も同格ですから、そういうこともあるかもしれません」

私はさらりと答えつつ、思う。

（おー。総督、さすがは鋭くていらっしゃる）

わざわざ初対面のキーナスト総督を、それにルキアン兄様を誘って踊る――私の数少ないダンスパートナーを選んで、先んじて踊ってみせるのは、たぶんジェシカの軽い嫌がらせなのだ。

ライバル心といっても私の方は、あっちも頑張ってるんだしこっちも頑張ろう！　と思っていた程度である。別にどちらが上とか決めるものでもないし、私は美しく賢い自分を磨くのが大好きだったので、ジェシカもそうなんだろうと思っていた。

（でもどうやら、ジェシカはそうじゃなかったみたいね）

さっきジェシカは、あなたはもうラザフの人間じゃなくなる、みたいなことを言って仲間外れ感を匂わせた。

（ダンスの嫌がらせより、あの言葉が地味に効いたわ。今のうちに楽しんでおけ、だって。でも悪いけど、同じような嫌がらせでやり返したりはしないから）

私は通りかかった給仕を呼び止め、空いたグラスを返す。

そして、にっこりと総督に話しかけた。

「総督、立て続けで申し訳ないんですけど、もう一曲、踊っていただけませんか？」

「それは、構いませんが」

「行きましょう！」

手を取り合って、大広間の中央に出て行くと、私たちは踊り始めた。一瞬、ジェシカと視線が合う。ルキアン兄様もこちらに気づいたようだったので、私は微笑みかけた。

「……総督、ちょっとお願いが」

踊りながらささやくと、総督が軽く顔を私に寄せる。

「何でしょう？」

「曲が終わる時に、ルキアン兄様とジェシカのすぐ近くに行きたいんです」

「近くに……？　わかりました」

ちょっと面白そうに、総督は笑った。

そして、総督はわざとらしさを感じさせずにルキアン兄様の位置を確認しながら踊り、人々の間を巧みにすり抜け――

――弦楽器の最後の音が鳴った時、私とジェシカはちょうど背中合わせの位置にいた。

「あぁ、楽しかったー」

私はにっこりと言って、振り向く。

「あらジェシカ、さっきはありがとう！」

「あ、ええ」

どこかひるんだ様子のジェシカに、私は構わず話しかける。

「あなたの言うとおり、今日はたくさん踊って楽しむわ。兄様、次は私と踊って！」

「もちろん」

ルキアン兄様が手を差し出してくれる。総督が、

「ジェシカ嬢、それでは我々ももう一曲」

と誘い、私たちはパートナーを交換する形になった。まるで、仲のいいグループのように。

私は再び、ジェシカに笑いかける。

「皆で楽しみましょうね。ジェシカもよ！」

一瞬、ジェシカが私を強く睨《にら》んだ。

すぐに次の曲が始まり、私はルキアン兄様と踊り出した。固い表情のジェシカも総督と踊り出し、離れていく。

「……心配はいらなかったようだな」

ルキアン兄様が言うので、私は首を傾げる。

「何が？」

「とぼけなくても、今のリーリナの行動とジェシカ嬢の表情でわかったよ。ジェシカ嬢、どうしていきなり僕に声をかけてきたのかと思ったら、リーリナへの嫌がらせか」

「まあ、そうかもね。でも、大したことじゃないわ」

「いいのか？」

「もちろん！」

ジェシカの嫌がらせなど、些末《さまつ》なこと。そこから私が悪感情を膨らませる必要など、少しもない。楽しさに飲み込ませてしまえばいいのだ。

「私は、ラザフを離れてしまうんだから。ジェシカにやり返して嫌がらせ合戦になるより、楽しいデビューの夜の記憶を持って帝国に行きたいわ」

私は踊りながら笑う。

ただでさえ、前世のことを思い出しては「あの時こうしてりゃ、長生きできたのに！」と後悔しきりなのだ。

（今世でまで、後悔なんかしたくない！）

「……やっぱり、寂しいよな。お前でも」

ふと、兄様が言う。

私は兄様を軽く睨んだ。

「私でも、ってどういう意味？」

「ああ、いや、悪い」

珍しく謝る兄様に、私はクスクスと笑って見せた。

やがて曲は終盤にさしかかり、踊り終えてみるといつの間にか、ルキアン兄様は私をロディオン王太子殿下の近くにリードしていた。そして、殿下に申し出てくれる。

「殿下。ラザフ王国の思い出に、ぜひ我がいとこと一曲、お願いできますでしょうか」

「もちろん、喜んで」

何曲も踊り続けているはずなのに、殿下は嫌な顔一つしない。私は王太子殿下とも、楽しく踊ることができた。

（殿下もすごくできたお方だし、ルキアン兄様はいつも通り完璧ね）

つくづく、感心してしまった私である。

踊りながらチラリと見回すと、ジェシカが総督に軽く頭を下げて挨拶し、早足で大広間を出て行くのが目に入った。どこか不機嫌そうだ。

曲が終わり、私は王太子殿下に挨拶をして踊りの輪の外に出た。テラスの近くで、総督が待っているところへ近づく。

「総督、ジェシカ、どうかしましたか？」

「少し疲れたのでとおっしゃって、休みに行かれましたよ」

私を迎えた総督は、いたずらっぽい笑顔になった。

「ご立派でした、リーリナ嬢。ジェシカ嬢に、格の違いを思い知らせる結果になりましたね」

「え、違い？　そうですか？」

（彼女と自分を比べるようなことをしたつもりはなかったんだけど……）

何か間違ったかな、とさっきの行動を振り返っていると、不意に手を取られた。総督が軽く屈《かが》み、私の手の甲に口づける。

「あなたを少しずつ知るたびに、あなたが皇妃に選ばれて良かったと思います」

私の手元から、こちらを上目遣いに見つめる藍色の瞳は、誠実な光をたたえている。心から、私を褒めて下さっているのだ。

「そ、それは、どうも……」

何だか照れてしまって、私はうまく返事ができなかった。

こうして、私の社交界デビューは無事に終わった。
シエナのための情報を山ほど覚えて帰ったのは、言うまでもない。

第四章　誕生日パーティはピンチも楽しむべし

トラークル侯爵領に戻った私は、シエナとアザレアとともに、夏の終わりに慈善活動を再開した。

『名前学校』は再び盛り上がり、週に三回になった。給食も大人気だ。

せっかくなので、食育も盛り込むことにする。前世の学校でも、職場の食堂でも、食べ物を通じて学べることは多かった。

「今日の給食には、ラザフ王国の伝統料理がたくさん入っているのよ」

配膳の手伝いをしながら、私は説明する。食堂の店主夫妻と相談して、私の提案した（前世の）料理とラザフの伝統料理のハイブリッド給食にしてみたのである。

メインは、白身魚の野菜蒸し。海のないラザフ王国では川魚がよく食べられていて、スパイスと野菜を載せて蒸しあげられた料理が大河周辺では有名だ。

それから、牛肉入りのトマトスープ。これは山に近い方の伝統料理で、スープというより煮込みみたいな感じ。野菜や豆などの具もたくさん入っている。

キャベツとリンゴの甘酢サラダもついていて、今日も野菜をたっぷり食べられるメニューになっていた。

「ラザフのお料理、美味しいね」

「魚、川でいっぱい獲れるんでしょ？」

子どもたちは興味津々だ。たまに覗きにくる大人たちも、

「この野菜、店で仕入れてみるか」

「リーリナ様、このハーブなんですがこのあたりでも育てられますかね？」

と興味を持ってくれるので、私の方も頑張って対応している。

「しゅ、宿題！　宿題にさせてください、調べてみてからお返事しますね！」

日々、勉強だ。


一方、夏の終わりに十七歳になったアザレアは、いよいよ婚約することになった。お相手は遠縁にあたり、二歳年上だという。

「私の誕生日パーティの時から、一番感じのいい方だとは思っていたわ。ああ、もちろん、そんなに何人もの中から選んだわけではないけれど」

（それが普通よ！　多ければいいってものじゃないと思うわっ）

私は思いながら、せっかくなので色々と話を聞かせてもらう。

「プロポーズ、していただいたんでしょ？」

「ええ、我が家でのお茶会の時にね。ひざまずいて、『結婚していただけますか』って」

おっとり微笑むアザレア。

「私も、この方ならと思ったので、『喜んで』とお受けしたの」

「あぁー、素敵ね、ときめいちゃうわ！　幸せになってね！」

私は祝福しながらも、何だか羨ましく思う。

（アザレアのような段階を踏んで結婚するんだと思っていた頃が、私にもありました……。いまだに相手と会ったこともないもんなぁ）

皇帝陛下にお手紙は、何度かお送りしている。お返事を頂いたこともある。

でも、皇后陛下がとてもヤキモチ焼きなんじゃないかと思われるフシがあるので、そう頻繁にはやりとりできない上に、内容にも気を使わざるを得ない。

（そう。私、皇妃にはなるけど、二番目の妻、なんだよね……）

アザレアを羨ましく思うのには、そんな事情もあるのだった。


秋が来て、私は十六歳になった。

ある日、『名前学校』に、小さな弟をおんぶして来た女の子がいた。彼は背中で、きゃっきゃと機嫌よく笑っている。

「可愛いわね！　何歳？」

聞いてみると、一歳半だという。この子の世話をしながらなら学校に行ってもいいと、両親に言われたのだそうだ。

給食の間、代わりに抱っこすると申し出てみたけれど、自分の責任だと思っているらしく女の子は固辞した。そして、おんぶしたまま楽しそうに給食を食べ、名前の書き方を教わった。

やがて、字を練習しているうちに弟は退屈になったようで、泣き出してしまった。あやしても泣きやまない。

女の子はとうとう、

「今日はもう帰る……」

と言って教室を出て行ってしまった。

あっ、と思ったけれど、私の方もちょうど他の子に質問されているところで、引き留めるタイミングを失っていた。

そこへ、サッと後を追ったのは……。
（シエナ）
妹の黒髪が、女の子を追って廊下へと消える。

私はそちらを気にしながらも、とにかく他の子に文字の書き方を教え続けた。シエナは戻ってこない。

（一人で、大丈夫かしら）


いつものおしまいの時間になった。

「……さて、今日はここまでにしましょう。みんな、お片づけをしてね」

私は声をかけると、急いで教室を出て廊下を走った。玄関から外に出る。

校舎の前はレンガ敷きの短い並木道で、校門に続いていた。

（外へ出たのかしら）

私は急いで校門に向かいかけて、ふと気づいた。

かすかな歌声が聞こえる。

頭を巡らせると、並木道の隙間から小さな校庭が見えた。校庭の周囲を背の高い樹木が取り巻いていて、その内の一本の向こう側にちらりと、人影が見える。

私は木の陰に沿って、近づいた。

木の幹から後ろ姿がちらりと見えているのは、さっき教室を出ていった女の子だ。おんぶしていた弟を下ろして、腕に抱いている。

そして、どうやらその隣に、シエナが座っているらしい。聞こえてきていたのは、シエナの歌声だった。

優しく語りかけるような、子守歌。

（懐かしい……）

幼い頃の記憶が、蘇ってくる。

私は四歳の時に、生みの母を亡くした。その一年後に、お父様が再婚したのだけれど、後妻のマリアンネお母様は三歳のシエナを連れていた。

つまり、お父様は、外で子どもを作っていたのだ。

お父様とマリアンネお母様は、実は昔からの知り合いだった。マリアンネお母様の実家の男爵家は困窮《こんきゅう》しており、お父様が援助しているうちに……ということらしい。

五歳の私にはそういうことがよくわからず、ただ妹ができたことが嬉しくて仕方がなかった。けれど同時に、母を失った悲しみはまだ癒えていなくて。

夜、乳母が隣の部屋に出て行った後、私はよくベッドでしくしくと泣いていた。

すると、シエナが自分のベッドを抜け出して、私のベッドの脇にやってきて。

上掛けの上から私の身体をポンポンしつつ、歌を歌ってくれた。それが、今シエナが歌っている子守歌だったのだ。

（そう、シエナは小さい頃から、歌がとても上手だった。私はあの歌を聞きながら眠りについたっ

け）

　私は澄んだ歌声に聞き入る。

　シエナは、話す声は割と低くてぼそぼそしているのに、歌い出すと少しトーンが上がって透明感のある素敵な歌声になる。

　女の子も一緒に歌っていて、どうやら弟は眠ったらしい。

「シエナさま、最後のところは、なんて言ったの？」

　女の子が質問し、シエナが教える。

「『星の光が見守っている』よ。もう一回、歌ってみましょうか？」

　二人はもう一度、頭から歌い始めた。

（そうか。書く代わりに、歌を教えているのね）

　私が思っていると、玄関から片づけを終えた子どもたちが出てきた。

「あれ、リーリナさま、なにして」

「シーッ」

　私は人差し指を唇に当てて、子どもたちを手招きした。

　彼らは楽しそうに、抜き足差し足やってきて、私の後ろに集まる。

「歌？」

「シエナさま、じょうずー」

シエナの歌に、子どもたちは聞き入った。

そこへもう一人、遅れて出てきた子が駆け寄ってくる。

「なになに、みんななにしてんの⁉」

女の子がパッと振り向き、シエナの顔も木の向こうから覗く。

「わ、み、みんな……お姉様！」

「ごめんね、邪魔しちゃって！」

私は笑い、そして子どもたちを見回す。

「帰る前に、シエナに歌を習いたい人は？」

何人かの子が「はーい！」と声を上げてシエナに駆け寄っていった。

「ええ？　みんなも？　そんな、ええっと」

シエナはあわてているようだったけれど、やがて覚悟を決めたらしい。

「じゃあ今の歌、最初からね……」

シエナと女の子が、再び歌いだす。短い歌なので、二度目からすぐに子どもたちは真似をし始めた。

（大勢の前で、シエナが歌ってる……）

その光景を微笑ましく見守っていた私は、不意にあることに気づいてハッとした。

シエナは、私以外の家族の前でさえ、歌ったことがなかったはず。

（これって、すごいことなんじゃないかしら⁉　もちろん、よく知っている子どもたちが相手だけれど）

三回目を歌い終わると、シエナは子どもたちを促《うなが》した。

「ほら、もう帰らないと。おうちの人が心配するから」

はーい、と駆け出していく子どもたちに、シエナは手を振る。

一緒に見送りながら、私はシエナに話しかけた。

「歌の授業もいいわね。歌っていると、気持ちがすっきりするもの。次の時、また続きを教えてあげたら？」

「え、私の歌なんかで、いいの？」

相変わらず、シエナの「私なんか」は消えないけれど。

私は、胸がドキドキするのを感じていた。

（これだわ。もしかしたらこれが、シエナの自信のきっかけになるかもしれない……！）

風はだんだん冷たさを増し、木々の葉が落ちて風に舞う。冬が近づいてきたのだ。

学校も皇妃教育もお休みのある日、私とシエナは一緒に、令嬢のたしなみである刺繍にいそしんでいた。

タイミングを見計らい、手を動かしながらさりげなく、私はシエナに話しかけた。

「そういえばシエナの歌、子どもたちが相変わらず楽しそうに習ってるわね」

「ええ。まさか、あんなに楽しんでもらえると思わなかったから、嬉しい」

シエナが手を止め、ニコニコする。

私は提案した。

「せっかく『学校』なんだし、上手な歌い方なんかも教えてあげられると、みんなもっと楽しいかもしれないわね」

「上手な、歌い方？」

首を傾げるシエナに、私は続ける。

「そう。シエナがちょっと勉強してみて、良さそうだったら子どもたちにも教えるとか、いいんじゃない？」

「ええ……。でも、お姉様、そういうことを学ぶ本とか、うちにあったかしら」

戸惑ったシエナが、首を傾げる。

私はいかにも今思いついたかのように、言った。

「そうだわ。私の皇妃教育には、音楽の授業もあるの。先生に話してみるから、一度、一緒に教わってみない？」

ギョッとしたようにシエナは目を見張る。

「こっ、皇妃教育⁉　私も⁉」

「歌だけでもシエナと一緒に学べるなら、嬉しいな」

さらっと私が付け加えると、シエナは盛大に視線を泳がせた。

けれど、私が微笑みを浮かべたまま待っていると、やがて上目遣いに私を見る。

「歌だけ、よね？　……歌だけ、なら。あの、お姉様の授業を、見せていただくだけなら」

（まずはそれでよし！）

私は心の中でガッツポーズをした。


ラザフの貴族に音楽の教養は必須なので、私もシエナも家庭教師から音楽の授業を受けたことがある。

でも、皇妃教育の音楽はなかなか本格的で、人前でソロで歌うことを前提にしていた。

「お腹の、ここ！　ここに力をお入れになって！」

先生にぐわっとお腹を押されながら、アー！　とか声を出している私を、シエナはビビりながらも隅の椅子で見学していた。

授業の後、シエナは何やらぶつぶつ言っている。

「そうか、学校のピアノを借りて、ちゃんと音をとった方が、子どもたち、わかりやすいかな……それと、お腹に力を入れること……」

人に教えようと思うと、そのためには自分もしっかり理解しようとするものだ。

シエナはたびたび私の授業を見に来るようになり、関連の本もよく読むようになった。

「腹筋すると、お腹に力がつくのよ。シエナもやる?」

率先してやってみせると、付き合うようにもなった。

私が毎日のように皇妃教育をこなし、休憩時間にちょっと庭に出てみると、歌声が聞こえてくることがある。シエナが、庭の奥で歌いながら歩いているのだ。練習しているらしい。

邪魔をしないように立ち去ろうとすると、小さなつぶやきが私の耳に届いた。

「もっと大きな声で、堂々と歌えたらいいのに……。いつか、そんなふうにできるようになるかな……」

(ああ……シエナも、変わりたいと思ってるんだ)

その気持ちを大事に育てられるよう、私も手助けがしたい。


いよいよ、シエナが十五歳になる春が近づいてきた。誕生日パーティの準備が始まる。

そして私の三年計画でも、シエナの誕生日は正念場だった。何しろ主役は本人である。

「シエナ、これ」

私は、スケッチブックをシエナに差し出した。彼女は不思議そうに受け取り、開く。

「なぁに？　絵……？」

「私が社交デビューした時から今まで、いいなと思ったドレスをスケッチしたものなの。自分の参考にね。シエナはあまり、大人のドレスをたくさん見る機会がないでしょう？　貸してあげる」

「わぁ……素敵。ど、どんなのがいいのかしら……お姉様、一緒に選んで？」

（うっ）

　シエナのおねだりに弱い私だけれど、これは聞くわけにいかない。私が口を出せるのはここまでだ。

「私が『いいな』と思うドレスばっかり描いてあるんだから、あとはシエナが選んで。お母様にも案があるかもしれないわ。よーく相談して決めるのよ」

　私はただ笑顔で、そう言った。

　王宮で、周囲に気を使いながら話をしていたマリアンネお母様を思い出す。

（苦労することになるとわかっていても、お父様と一緒になることを選んだお母様。複雑な気持ちになったこともあるけれど、あの姿を見たら……。シエナの十五歳のドレス選び、きっとお母様も楽しみにしているに違いないわ）

　セラフィマお母様は、私のドレスを一緒に選ぶことができなかった。

　そして思い出すのは、恵理子のお母さんだ。うっすらと、私の成人式の着物を楽しそうに選んでいた記憶がある。

マリアンネお母様の幸せも大切にしたいと、私は思うのだ。


数日後、屋敷にドレスの仕立て職人がやってきた。

シエナとマリアンネお母様が、仕立て職人とデザインを話し合ったり生地の見本を見たりしているのを、私も横から楽しく見守る。シエナの希望で一緒にいるけれど、口は出さないようにしていた。

私がスケッチブックに描いた痩せ見えデザインについて、シエナがちらっと口にすると、仕立て職人は「なるほど……」とつぶやく。

「確かに、視線が集中する場所を工夫すればすらりと見えそうですね。やってみましょう」

職人側からの提案もあり、生地も決まって、大体のデザインが出来上がった。お母様も満足そうだ。

続いて、採寸が始まる。

「あら……」

マリアンネお母様は、下着姿になったシエナを見てつぶやいた。

「シエナ、何だか前より、身体つきがすらりとしてきたわね」

「そ、そう？」

シエナは、それまで目を逸《そ》らしていた鏡に、おそるおそる視線をやった。

「……言われてみると、少し……？」

私ももちろん、気づいていた。

食事や運動など、生活習慣が変わって一年。効果が出てきたのだ！

（順調、順調！　これで少しずつ、自分に自信を持ってくれれば！）

「それでは、仮縫いが出来上がりましたらご連絡いたします」

仕立て職人はそう言って、帰っていった。

「シエナ、リーリナ、書斎に行きましょう。お父様がお呼びなんですって」

お母様に言われ、私たちは書斎に向かう。

シエナの後ろ姿を見ていると、歩き方も以前よりスマートになった気がする。体型が変わった影響かもしれない。

（うっふふー、シエナのドレス、楽しみだわ！）

私はご機嫌で後をついていった。


ところが。

「シエナ。これが、お前の誕生日パーティに招待する予定の方々だよ」

お父様に言われてリストを確認したシエナは、真っ青になった。

「えっ」

「どうしたの、シエナ」

お母様が驚いて、覗き込む。

シエナはうろたえた様子で、顔を上げた。

「お父様、そんな……どうしてこんなに多いの……？」

（本当だわ、私の時と同じくらいリストが長い）

思った私は、遠慮しいしい口を挟む。

「私も、見てもいい？」

お母様と一緒に、リストを見せてもらった。

（若い男性が大勢……。急にうちのシエナの魅力に気づいたとか？　うーん）

シエナが噂になっていれば、私の耳にも入るはずなので、それはおそらくないだろう。

「……多いわね」

やはり驚いている様子のお母様は、顔を上げてお父様を見た。

「希望した方、全員招待なさるの？」

「これでも、断れそうな人は外してあるんだ」

こちらから声をかけた人ではなくても、誕生日のお祝いに来たいと言われれば、普通はなかなか断れない。お父様としても、色々と考えた結果らしい。

（王太子殿下は、まぁわかる。トラークル侯爵の娘のパーティに来ないはずもないし。でもどうしてこんなに……そうか！）

私はハッとする。

（私が皇妃になるからだ。シエナと結婚した男性は、義理とはいえアストレラント皇帝と兄弟関係になるんだもの。侯爵家と、さらには皇帝家と縁戚《えんせき》になれるかもしれないなら、チャレンジするに決まってる！）

シエナは涙目になって、私を見る。

「お、お姉様、どっ……どうしよう」

「やあねシエナ、別に全員と結婚する訳じゃないんだから」

反射的に、軽く茶化してなだめようとしたけれど、シエナはうつむいた。

「でも……ダンス……」

「あ……」

（そうよね。苦手なダンスを全員と踊らなくてはならない）

私は無意識に、唇を噛んだ。

（私のせい……。あぁ、私のことがなければ、誕生日パーティはここまで大ごとにならずに済んで、シエナも楽しく過ごせたかもしれないのに）

誕生日パーティは、社交デビューのための練習にもなる、大事なパーティだ。それが辛いものになってしまえば、ただでさえ緊張するデビューも不安になるに違いない。

(どうしようか……)

「誰もが通る道だ、そんなに大げさに考えなくていいんだぞ」

お父様は、励ましなのか何なのか微妙な言葉をかけているけれど、うろたえているシエナの心には届かないようだった。


マリアンネお母様はそのまま書斎に残り、私とシエナは廊下に出た。うつろな目で歩くシエナに、私はハラハラしながら寄り添う。

自室に戻るため階段を上る途中、シエナは手すりに掴まって立ち止まった。

「どうしたの？」

顔を覗き込むと、シエナは何やらぶつぶつとつぶやいている。

「ここから落ちて足を怪我すれば、パーティなんてしなくて済むのかな……」

「ちょ、シエナっ」

(これはまずい)

私は覚悟を決めた。

(今すぐ、自信のカケラが、シエナには必要だ！)

「シエナ」

改まった口調で呼びかける私の声に、シエナはハッと顔を上げた。

「えっ」

「話したいことがあるの。私の部屋に来て」

私は誘う。シエナは「は、はい」と息を呑むようにしながらも、うなずいた。

部屋の中にある呼び鈴の紐《ひも》を引き、ポリーナを呼んでお茶を頼んだ。

テーブルを挟んで座り、お茶を待つ間、私は頭の中でどう話そうか考え、シエナは不安そうにソワソワしている。

お茶を用意してポリーナが出て行ってから、私はようやく口を開いた。

「実はね、シエナ。秘密にしていたことがあるの。私、皇妃になることが決まったすぐ後から、慈善活動を始めたでしょう?」

「え?　ええ……」

おそらくさっきの話関連だと思ったはずのシエナは、私が慈善活動の話を始めたので、不思議そうにしている。

私は続けた。

「あれは元々、シエナのためにと考えて始めたことなの。勝手に、ごめんなさい」

彼女は目を見開く。

「わ、私のため？」

「子どもの頃、シエナが子守歌を歌って私を慰めてくれたでしょう？　あんなふうに、私もずっと、ずうっと、シエナを支えていくつもりでいたわ。でも、それができなくなってしまった」

「……！」

「だから、シエナには、私がいなくても大丈夫なようになってほしかったの。シエナのために……っていうより、私が安心したいだけなのかもしれないけど」

少し後ろめたい思いを抱きつつも、私は続ける。

シエナが自分に自信を持てるようにしたかったこと。

そのために、シエナがいつも体型を気にしているのを解決しようとしたり、シエナの長所を伸ばそうとしたりして、慈善活動にかこつけて生活習慣を変えさせ、色々なことに挑戦させたこと。

シエナは、呆然《ぼうぜん》とした様子でつぶやいた。

「全然、気づかなかったわ」

「シエナ、前はよく『私なんか』って言っていたわよね。特に体型のことを気にしてた。気がついているかわからないけど、最近のシエナは自分の体型のことを言わなくなったのよ。それに、子どもたちに接しているうちに、話し方が落ち着いてきたわ。歌もどんどん、うまくなってる」

「ほ、ほんとう……？」

目を見開くシエナ。

私は身を乗り出した。

「本当よ。シエナにはいいところがたくさんあって、それを伸ばすことができている。だからシエナ、この誕生日パーティだって、あなたはきっと乗り越えられるわ。そう信じてみて！」

「………」

シエナはおずおずとカップを手にし、とにかく一口、お茶で喉を潤した。そして、声を震わせて言う。

「……お姉様。私だって、パーティを嫌な思い出になんか、したくないわ」

「そうでしょう？」

私は勢い込んだけれど、シエナは緩く首を横に振る。

「でも、私はダンスが苦手で、下手。練習しても変わらなかった。お姉様、覚えてる？　私、小さい頃はずっと、お絵描きも縄跳びも、お姉様の真似ばかりしていたでしょう」

「え、ええ」

「ダンスもね、真似しようとしたのよ。でも、できなかったの。あれっ？　って思ったわ。どうして、同じようにできないんだろう、って。でも振り返ってみると、お絵描きも、縄跳びも、私ちっとも『お姉様と同じように上手』には、できてなかった。ダンスが特にできなかったせいで、やっとそのことに気づいたの。大人たちはとっくに気づいてたと思うわ。気づいてなかったのは、私だけ」

（シエナ……ダンスが、悪い意味での『きっかけ』になっていたのね……）

何も言えずにいる私に、シエナはふと微笑みを見せた。

「お姉様はいつも褒めてくれて、嬉しかった。他の人はお姉様と私を比べるけど、当のお姉様はただ、私が何かできたっていうことだけを見てくれたもの。だから、ダンスもお姉様に褒めてほしくて、こっそり練習したの。……でも、全然、ダメだったの」

緑の瞳に、涙が浮かぶ。

「今になって、急に得意になんて、なれない。一曲とか二曲とか、少しだったら、恥をかくのも、が、我慢するつもりだった。でも、あんなに何人もの方と、踊るなんて……。誕生日なんて、来なければいいのに」

「シエナ……」

私は名前をつぶやくことしかできない。

「……ごめんなさい、お姉様。……少し、一人で、考えてみます。あの、明日、『名前学校』、お休みしてもいい……？」

シエナは顔を上げ、無理矢理笑みを作って見せた。

「さっきは、怪我したいなんて、言っちゃったけど、そんな変なことはしないから。……ごめんなさい」

私は、立ち去るシエナの後ろ姿を見送ることしかできなかった。

翌日は、アザレアも用事があって来ることができなかった。私は一人、ルディスマン家の馬車で学校に向かう。

食堂から給食が配達されてきて、私は子どもたちと一緒に配膳した。

「いただきます」

みんなで挨拶をして食べ始めたものの、私はどうにも食が進まず、もたもたとスプーンを口に運ぶ。

「リーリナさま、おなかがいたいの？」

「リーリナさま、おねつ？」

子どもたちに心配され、あわてて笑顔を作る。

「あっ、大丈夫よ！　ちょっと考え事をしてしまっただけ。今日のハンバーガー、美味しいわね！」

今日のメニューは、ハンバーガーとクラムチャウダー、それにコールスローサラダだ。どれも野菜をしっかり使ってある。子どもたちは喜んで食べていた。

見渡していると、不意に教室の後ろのドアから知っている顔が覗いた。

キーナスト総督だった。

「総督」

立ち上がって近寄ると、総督は微笑む。

「今日はリーリナ嬢がおひとりで活動なさっていると聞いて、何かお手伝いできればと思いましてね」

「ありがとうございます！　あの、よかったら一緒に給食を召し上がりませんか？　今日は余っているので」

「本当ですか？　いや、嬉しいな」

長身の総督は、小さな机と椅子に窮屈そうに座った。そして、子どもたちに何やら話しかけながら、美味《うま》い美味いと給食をあっという間に平らげる。

「いや、とても美味しかったです。こんなに美味しい食事をいただいたら、何かしないとな。私にできることはありますか？」

総督は、そう申し出てくれた。

「いいんですか？　では遠慮なく……アストレラント帝国について、子どもたちに教えてあげてください。総督が一番の適任でいらっしゃいます」

「お安い御用です」

総督は、まず黒板に『ハルランド』と名前を書いて自己紹介した。そして、学校で使われている地図を使って、ごく簡単な地理の授業をやってくれた。

「これがラザフ？」

「で、こっちが帝国？　わー、大きい」

「帝都へは馬で行くの？　船？　何日かかるの？」

子どもたちは大騒ぎだ。

総督は質問に一つ一つ答え、その後も積極的に、子どもたち一人一人に文字や計算を教えてくれたのだった。

「いや、なかなか忙しいものですね。子どもたちがそれぞれ進度が違って、一人一人に合わせるとなると」

帰りの馬車の中で、総督は笑う。

私も微笑んだ。

「下町の子たちは働いているので、みんなで一斉に授業というわけにはいかなくて。来れる日にいらっしゃい、と言ってあるんです。元々、普通の学校とは異なりますので」

「そうですね。生活の役に立つ知識を、一つでも二つでも身につけて欲しいんでしょう？」

「はい。そうすれば、自信につながりますから」

そう言うと、総督は何度もうなずいた。

「自信ですか。確かにね。……シエナ嬢も少し変わりましたし、自信を持ち始めたのかな」

「えっ⁉」

私はびっくりして、総督を見上げた。

「ど、どうして私の目的をご存じで……？」

「ん？　あれ？」

総督は、じっ、と私を見つめて数秒の間考えてから、ああ！　と声を上げた。

「なるほど。慈善活動はそもそも、シエナ嬢のためだったのか！」

「えっ、あっ」

あわてていると、総督は笑い出した。

「あなたの誕生日にお会いしたシエナ嬢は、ひたすら縮こまっておいでだったのに、ずいぶん変わられたなと思っていたんです。なるほど、彼女を慈善活動に連れ出したのはリーリナ嬢の計画だったのか」

（やだ、自分から白状しちゃった。まあ、もうシエナ本人に打ち明けたから、総督に知られても全然構わないのだけれど）

私は思いながらも、つい突っ込む。

「何でそんなに鋭いんですか……？」

「いや、私は女性の変化には敏感でして」

前髪を払ってみせる総督のしぐさは、わざとらしくて逆に面白い。

(そういえば、そういうタイプの人だった)

気が抜けて私もつい笑いだしてしまい、それから総督に今まで試みてきたことを細かく話して聞かせた。

総督は顎を撫で、うなる。

「ははぁ。シエナ嬢も子どもたちも自信を持てるように、ということだったんですね。それで、せっかくうまく行っていたところだったのに、シエナ嬢が誕生日パーティを怖がってしまっているわけですか」

「はい。一時は、わざと怪我をして踊れないようにすることも考えたようです」

私はため息をついた。

「どうしても嫌なら、怪我のフリをするのも手だとは思います。ただ、我が家は侯爵家です。私の結婚のように、自分の意思だけで人生が進んで行くわけではないので……。これからのシエナも、家と無関係ではいられないでしょう。そんな時、少しも自分に自信がなかったら、どうなってしまうのか心配なんです」

シエナの泣き顔が、思い浮かぶ。

鏡に映る恵理子の、暗い顔も。

「別に、逃げるな、というつもりはないんです。……逃げるのって、すごく、難しくありませんか？」

「えっ」

総督が聞き返す。

私は自分の手を見つめながら、続けた。

「逃げるのにも、勇気がいるじゃないですか。いいえ、そもそも逃げることを思いつくことすらできない人だっている。それに比べたら、逃げられるってすごいことです」

（前世の私は、逃げられなかったんだもの）

心の中でつぶやきながら、言葉はその先を紡《つむ》ぐ。

「シエナはちゃんと、逃げることを選択肢に入れています。でも、逃げて逃げて、袋小路に追いつめられてしまうようじゃ、結果は同じかもしれない。別の道を見つけ出して、自分で決めてその道の方へ逃げるなら、きっと後悔しないで済むはず。シエナがこれからどんな人生を送ることになっても、納得できるものであってほしいんです」

「…………」

珍しく、キーナスト総督が黙り込む。

我に返った私は、うろたえて謝った。

「ご、ごめんなさい。こんな話、返事に困っちゃいますよね」

「いや、違うんです、その……我が身を振り返ってしまって」

そんなふうに総督が言うので、私は驚いて聞き返した。

「我が身って、え？　あの、もしかして以前、何か？」

総督は困ったように、頭をかいた。

「そもそも、私が帝国を出たのは、家から逃げた結果ですからね。呆れた父の、それならせめて国の外で働け！　という意図で、総督になる話を回してもらったというか……まあ、ありていに言えば仕事を恵んでもらったことになるのかな。それが、これまでの流れでして」

（そう、だったんだ……）

いつも笑顔で、調子が良くて、何でもソツなくこなす総督が『逃げた』。もしかしたら少し自虐気味な表現なのかもしれないけれど、意外だ。

私はおそるおそる、聞いてみる。

「後悔なさってるんですか……？」

「いいえ、していませんよ」

総督は、どこかいつもより柔らかい笑みを浮かべている。

「確かに、命じられた時はちょっと嫌だなとは思ったんです。帝国とラザフ王国との間で板挟みになる役割ですからね。でも、立ち回りのうまさには自信があったので、ああ自分には向いているかも？　と思い直しました。今では納得してやっていますよ」

そして、彼は軽く顎を撫でた。

「なるほどね。誰か他の人や、運命に道を決められたとしても、その道をどんな気持ちで歩むことになるかは、歩む本人にかかっている。リーリナ嬢は、妹君に『自信』を携《たずさ》えて歩んで欲しい。つまりは、そういうことですね」

私は大きく、うなずいた。

「はい！」

総督もうなずく。

「わかりました。もし私に協力できることがあれば言って下さい、誕生日パーティ当日は、私もご招待いただいていますので」

「ありがとうございます！」

嬉しくなって、私はお礼を言った。

（とはいえ、男性で、ラザフの人でもない総督に、何かお願いすることはできないと思うけど。やっぱり私が何とかしないと）

あれこれと、考え込む。

「あぁ、シエナの気持ちを和らげるにはどうしたらいいのかしら。シエナの誕生日パーティなんだから、本来ならシエナが楽しめるパーティであるべきだと思うんですけど、あの子の苦手なダンスは伝統的に外すわけにいかないし。自分のパーティなのに『恥をかくかも』って恐れるなんて、可哀想だわ」

打ち明けられる相手がいるというのは、いいものだ。思ったことをとにかく話してみる。

総督もうなりながら、合いの手を入れてくれた。

「いっそ、シエナ嬢の婚約者候補が全員ダンスが苦手なら、シエナ嬢も気後れしないで済むのでしょうけれどね」

「そうですねぇ。それか、ダンスではなくシエナの得意な何かなら、シエナのアドバンテージになるのに」

あどばんてーじ？　と総督は首を傾げる。

「……ん？」

何かがふと、脳内で引っかかった。

(待てよ。『婚約者候補が全員ダンスが苦手なら』……『シエナのアドバンテージ』……)

その二つから、ある思いつきが生まれる。

(もしかしたら、うまく行くかも)

「……キーナスト総督」

私は顔を上げた。

「さっき、ご協力いただけるとおっしゃいましたよね？」

「もちろん。未来の皇妃、麗しのリーリナ嬢がお困りなら、協力しないわけがありません」

相変わらず調子よく、総督は色気を含ませたキラキラ口調で答える。

私は身を乗り出した。

「では、教えていただきたいことがあるんですが！」


庭に春のバラが咲き始めた頃、シエナの十五歳の誕生日パーティが開かれた。

今日のシエナは、新しいドレスを着ている。ドレスガウンは黒だけれど、地模様があるせいか重い感じはしない。膨らんだ袖はいったん肘の下で絞られてから、ひらりと広がっていた。ガウンの前と下から覗くドレスは瞳に合わせたグリーン系、ひし形と細い線を組み合わせたアーガイル柄になっている。

そのドレスは、私がスケッチした中にもあったデザインを、一部取り入れていた。

（私も前世、ぽっちゃりだったから、痩せ見え効果はかなり気にしてたんだよね）

令嬢たちのドレスを観察していた時、私の脳裏にはいつも『痩せ見え』の四文字があった。

細身のドレスを着れば細く見える、というものでもないし、シエナに身体にぴったりしたドレスを着る度胸はない。

ドレスのスカートを、ラザフの流行通りふんわりしたものにするなら、上半身もある程度ふんわりさせないとバランスが取れず、かえって太って見えることを私は知っていた。だから、袖のふっくらしたデザインに注目したのである。

その代わり、首と手首は出すのが痩せ見えのポイントだ。そして、前の少し開いたドレスガウンは縦のラインを強調していて、さらにすらりとしたイメージ。

（まあ、シエナはずいぶんすっきりした体型になってきているから、本人が気に病むほどではないと思うんだけどね！　前世の私に比べたら！）

恵理子の姿を思い出す、私である。


さて、ドレスはシエナも気に入っているのでよしとして。

問題のダンスについて、私はとある対策を立てた。シエナ本人やお父様、お母様とも相談し、キーナスト総督の協力を仰《あお》いで、この一ヶ月、しっかりと準備している。

挨拶が一通り終わって、お父様が場の空気を切り替えるように、咳払いをした。

「えー、娘シエナと踊ってくださる若き男性方に、私から提案がございます。お聞きいただけるでしょうか」

招待客たちが、何だろう？　というふうにざわめく。シエナは少し緊張した様子ではあったけれど、まっすぐ落ち着いて立っていた。

お父様が続ける。

「ご存じの通り、シエナの姉リーリナは近々、皇帝家に嫁ぎます。そこで、シエナがアストレラント帝国のことをよく知りたい、帝国のダンスも踊ってみたいと申しまして、こちらにおいでのハルランド・キーナスト総督に、少々珍しいダンスを教えていただきました」

皆の視線が向くと、総督は笑顔で軽く会釈した。

お父様はさらに続ける。

「そしてシエナが申すには、この機会に帝国のダンスを皆さんに知っていただきたい、踊るたびに姉を思い出してほしいと。総督がご指導くださいますので、ぜひ、シエナと踊っていただければと存じます！」

おお？　と人々がざわつく。

私は、そばにいらしたロディオン・ラザフ王太子殿下に話しかけた。

「変わった趣向に、驚かれたことでしょう。でも私、妹の気持ちがとても嬉しくて……。どうか、お付き合いいただけないでしょうか？」

「優しい妹君ですね。ええ、面白そうです、やりましょう」

素直な殿下は、笑顔でうなずいてくださった。


つまりは、こういうことだ。

踊ること自体は避けられないというなら、何を踊るか、というところで対策を考えればいいのである。

具体的には、ラザフの人々が踊ったことのないようなダンスを踊ることにして、シエナが先に練習してしまえばいい。

帝国のダンスはラザフにもいくつか伝わってきているけれど、キーナスト総督のお父様オルシアル公爵の領地で祭りの際に踊られるというダンスは、私たちは全く知らないものだった。一ヶ月、シエナはこの一曲だけを集中的に練習してきて、そこそこ上手に踊りこなせるようになったのだ。

私も、お父様もお母様も協力して、一緒に練習した。

（婚約者候補の男性たちよりも、シエナにアドバンテージを。あの子の誕生日なんだもの、そのくらい、いいわよね！）


総督とシエナが、広間の中央に進み出た。

「どうぞ、よろしくお願いします」

シエナが招待客たちにぺこりと頭を下げ、続けて総督が声をかけた。

「それでは皆さん、ひとまずお近くの方とペアになってください」

招待客たちがざわざわしながら従う。

総督とシエナが、最初に振りだけゆっくりと踊ってみせた。二度目からは音楽もスローテンポで流れ始め、お父様とお母様、私とルキアン兄様のペアも加わり、踊ってみせる。

招待客たちもそれぞれ、ルディスマン家の人々を見ながらステップを覚えた。

「祭りで踊る曲ですので、かしこまらずに、雰囲気を楽しんでいただければと思います」

そう言って総督が合図すると、本格的に楽団が音楽を奏で始めた。シエナが総督から離れ、ひとりで進み出る。

私は再び、王太子殿下に声をかけた。

「殿下、どうか一番手をお願いいたします」

「やってみましょう」

たいていこういうパーティで最初に踊ることになる殿下は、ごく自然にシエナにダンスを申し込んでくださった。

シエナと殿下が踊りだす。二人で慎重に、確かめるようにステップを踏み、できた、と殿下が笑う。シエナもおずおずと、つられるように微笑む。

シエナがつまずいた。

(あっ)

失敗した、もうダメだとシエナがパニックにならないか心配で、私はハラハラしながら様子をうかがった。

殿下がシエナを支えながら、何か話しかける。シエナがうなずき、そして二人は「一、二、三」で仕切り直した。

すると、シエナが顔を上げ、殿下に笑顔を見せたのだ。

(良かった！　あわててない！)

周囲の人々も、だんだん大胆に踊り始めた。覚えるのが得意な人、そうでもない人とまちまちではあったけれど、今日初めて知ったダンスをいきなり完璧に踊れる人はいない。

シエナは無事に王太子殿下と踊り終え、笑顔で互いに挨拶をした。すぐに次の男性がシエナの前に進み出て、二人はペアを組む。

ドキドキしながら私が見守る中、シエナは落ち着いて、つたないながらも一人一人と踊っていった。

（ああ、ちゃんと『失敗してもお互い様』って雰囲気になってる！）

ついにシエナは、男性全員と踊り終えた。

最後に、シエナはお父様とペアを組む。お父様は楽団の方を見ると、何か合図をした。

とたんに、楽団がわざと速めのテンポで曲を奏で始めた。広間の全員が大慌てになり、わっと笑いが起こって盛り上がる。シエナも笑っていた。

（あはは、お父様ったら、盛り上げるのが上手いんだから！）

曲が終わると自然と、お互いを称え合う拍手が起こった。

「リーリナ嬢」

ペアを組んでいた総督が、拍手喝采の中、耳元で言う。

「大成功ですね」

「はい、ありがとうございます！　総督のおかげだわ」

「いいえ、あなたのひらめきがすごかったんです。シエナ嬢は本当に、素晴らしい姉君をお持ちで幸せだ」

私は嬉しくなって、答えた。

「『素晴らしい姉』、一番嬉しい褒め言葉です！　ありがとうございます！」

「お姉様！」

シエナが私に駆け寄ってくる。

「踊れたわ、私……！」

「やったわね、シエナ！」

私は振り向き、妹の手を握りながら尋ねた。

「ダンス、楽しめた？」

シエナは頬を上気させ、つっかえながらもうなずく。

「ええ、びっくりだけど、あの、ちょっと楽しかったの！」

「驚くことないわ、だってシエナの誕生日だもの。シエナが一番楽しまなくちゃ！」

「私が、楽しむ……」

パーティとは楽しめるものだ、などと、思ったこともないのかもしれない。シエナは本当に驚いているようだ。

私は笑って、お祝いの言葉を言う。

「そうよ。十五歳、おめでとう！」

シエナは今までで一番、素敵な笑顔になった。

「ありがとう！」

「王太子殿下と、少しはお話できた？」

聞いてみると、シエナは頬を染めた。

「少し、だけど。昔のこととか」

「昔？　……あ、そうか、子どもの頃にお会いしたものね」

もう十年近く前になるけれど、国王夫妻と殿下がトラークル侯爵領に行幸した折、我がルディスマン家にお泊まりになった。私もシエナもまだ小さかったけれど、大人たちが忙しい間に少し殿下と遊んで、食事をご一緒したのだ。

おそらく、私と王太子殿下を引き合わせようという、お父様の意図もあったと思われる。

「覚えていて下さったのね」

「ええ。私のことなんて、きっと忘れておいでだと、思ってたから」

シエナはちょっともじもじした。

「私は、ちゃんと覚えてたけど……」

（お？）

私はドキッとする。

（まさかシエナ、ひょっとして？　王太子殿下のことをちょっと、こう……？　うわぁ！　ドッキドキ！）

キュンキュンしていると、シエナは再びにこりと微笑む。

「何だか今日、私、ちょっと変われた気がするわ。……あ、お父様が呼んでる」

「行ってらっしゃい」

私は軽く手を振り、シエナを見送った。

すると、横から声がした。

「確かに、シエナは変わったな」

いつの間にか横にいた、ルキアン兄様だ。

「兄様もそう思う？　っしゃあ」

「何だ、そのかけ声……。いや、でも本当に変わった」

兄様は言い、そしてずばずばと続けた。

「正直、シエナはおとなしいし無口だし引きこもりだし、まあ貴族の娘だから侯爵がどこかへ嫁がせるにしても、婚家《こんか》の女主人らしくなどとてもできないまま、使用人みたいに夫の言うことを聞いてひっそり一生を終えるんだろうと思ってた」

「はっきり言うわね……」

私が冷や汗をかいていると、ルキアン兄様は少し黙り込み、そして言った。

「でも、リーリナが、変えたんだな」

「シエナが大好きだから、幸せにしたいの。それで、帝国に行く前に、私にできる限りのことをしているだけ」

「そうか」

兄様は一度、言葉を切ってから、再び話し始めた。

「リーリナは、子どもの頃からずっと聡明だったから、僕と同等だと認めていたし、ずっと負けたくないと思ってきた」

「……？」

突然の昔話に、どうしたのかと思っていると、兄様は広間を見渡しながら続けた。

「でも、リーリナが下町で文字を教えたり、シエナを変えていったりするのを見ていて、気づいた。僕は自分を高めてきたけれど、それはリーリナのように周囲の人に影響を与えるほどじゃなかったんだな、意外と小さいな、とね」

「そんなこと……」

フォローしかけたけれど、兄様はちょっと照れ臭そうに顎を撫でる。

「だから最近は、騎士団の後輩たちにも、まあ……なるべく目をかけて、助言するようにしているつもりだ」

「本当⁉」

私は驚いた。

（やる気のないやつは何やってもダメ、みたいなこと、言ってなかった？　それに、女性にも冷たくて……）

ルキアン兄様は、あーあ、と言ってから私を見た。

「つまりあれだ、僕までリーリナに変えられたのかもしれないな。ますます、リーリナなら立派な皇妃になれそうだと思ったよ」

兄様は微笑み、そして誰かに呼ばれて、その場を離れていった。

（立派な皇妃、か……）

私はふと、考え込む。

（どんな皇妃になれたら、立派なんだろう？　皇后ではなく、第二妃の立場って、どんなものなんだろう……）

第五章　ターニングポイントへの招待状

そうこうするうちに、青葉のきらめく季節がやってきた。

今年の社交シーズンは、特別である。シエナの、社交界デビューのシーズンだからだ。

私たちルディスマン家は、馬車で二日かけて、王都オルーニンに到着した。けれど、私とお父様だけはまっすぐタウンハウスへは向かわず、少々別行動をとった。

アストレラント帝国の、ラザフ王国総督官邸に寄らせていただくのだ。

昨年、キーナスト総督が私を招待して下さると言っていたのが何だかんだ先延ばしになっていて、今年ようやく実現できたのである。

「ようこそいらっしゃいました」

総督が、わざわざ官邸の前で出迎えてくれた。私は総督の手を借りて馬車から降り、官邸を見上げる。

（うわぁ、ラザフの建物と全然違う）

外壁を白と水色に塗り分けられ、金縁の窓がずらりと並ぶ官邸は、何よりその中央部分が目を引いた。金色のドーム状の屋根があるのだ。

「ラザフ王国の建物に比べると、派手ですよね。この特徴的な屋根に、皆さん驚かれます」

総督が説明してくれる。

絵画で見たことがあるので、アストレラントの城や宮殿にはこんな屋根の塔がいくつもあることは知っていた。

（でも、やっぱり目の前にすると『本当にあった！』と実感するわね。そして、『本当に結婚するんだ』っていう気持ちにもなる）

中に入るとホールになっていて、副総督が待っていた。キーナスト総督よりも年上で、いかにも軍人という感じの強面《こわもて》だったけれど、挨拶する声は柔らかくてホッとする。

二人に案内されながら、ホールを奥へと進んだ。紺色の壁に金の細やかな装飾がくっきりと浮かび上がって見える。中央の真っ白な大理石の階段を上った先に、皇帝陛下の大きな肖像画がかかっていた。

（何だか、ラザフの王宮よりもこの官邸の方が豪華かも……）

帝国の持つ力が、そこには表れているということだろう。

「ここが、執務室です」

両開きの扉から、中に入る。

飾りカーテンのかかった大きな広間に、ぽつん、ぽつん、ぽつんとテーブルが置かれていて、一番手前が執務机のようだ。机の脇には帝国の国旗が立ててある。

「私一人で執務するための部屋は別にあるんですが、ここは会議を兼ねる時に使いますね」

総督に説明してもらいながら見ると、他のテーブルにはそれぞれ椅子がいくつか置かれていた。よく見ると、壁際にも小さなテーブルと椅子二つのセットが何組かある。

すべての椅子に、人がいるところを想像してみた。大きくスペースが取ってあるのは、人々が頻繁に行き来するからだろう。

（それぞれのテーブルで、別々の話し合いができるようにしてあるのかな。大勢の人が集まってはテーブルをめぐり、自分にかかわりのある話に加わり、細かいことを次々と決めていく、そんな場所という雰囲気……）

アストレラントは大帝国なのだ。属国だけでなく、色々な国と政治的・経済的な取引があるのだから、日々、話し合われる議題も多岐《たき》にわたるのだろう。

（そんな帝国の皇妃に、私はなる……）

軽く身震いしていると、総督に呼ばれた。

「リーリナ嬢、こちらへ」

執務机の反対側の壁際に、大きなガラスケースがあった。

中には、建物の模型がある。城壁らしき壁に囲まれた中に、ドームを持つ建物がいくつもあった。

「帝都の中心部です。真ん中のここが城、皇帝陛下が執務されている場所ですね」

聖堂、鐘楼《しょうろう》、皇帝廟《びょう》……と、総督は順に説明してくれた。

「そしてこの宮殿が、皇帝一家のお住まいです。リーリナ嬢もおそらく、ここに暮らすことになると思います」

「どこも美しいですね……」

私は隅々まで観察してから、顔を上げる。

「最初のうちは、この中のあちこちに行って、たくさんの人に会ってみようと思います。やっぱり、私を知ってもらって、私を好きになっていただけるようにするところから、ですよね」

総督は私を安心させるように微笑む。

「リーリナ嬢なら大丈夫でしょう。皆があなたを好ましく思うに違いありません。もちろん、皇帝陛下も」

「あ。……って、ええ、あの、そうですね。皇帝陛下が私を気に入って下さるといいんですが」

（そーだった。まず皇帝陛下に好かれないと始まらないわ）

総督はちらっと視線を動かして、広間の反対側でお父様と副総督が話をしているのを確認すると、私を誘った。

「他の部屋もお見せしましょう」

廊下に出て歩きながら、彼はフフッと笑う。

「やはりなかなか、結婚生活など想像できないようですね」

「す、すみません……皇妃教育を受けているだけでは、わからないことだらけで」

私は肩を縮める。


そう。私には、不安材料がひとつ存在するのだ。

結婚については、未知の世界、ということである。

好きな人くらいはいたことがあるけれど、実ったことはない。当然、男性とまともにおつきあいしたことすらない。

いくら前世を覚えていて、今世と合わせて二人分の人生を知っているからといって、未経験のことは当然知らないままだ。参考になどならないのである。

（そりゃ、今世の私はしょっちゅう美しいって褒めてもらうし、誕生日パーティにも男性がたくさん来たわ。でも、大勢にモテたってしょうがないのよ。皇帝陛下に好かれなければ）

私は軽くため息をついて、こぼす。

「皇帝陛下には、すでに皇后陛下がおいでで、そういう方と結婚するわけで……本当に想像がつきません」

（まぁその、マリアンネお母様の立場は、近いといえば近いのかもしれないけど、でもやっぱり違

うしなぁ）

ラザフ王国の婚姻関係は、一夫一妻である。お父様はセラフィマお母様がご存命の頃からマリアンネお母様と付き合いがあったけれど、一緒に暮らしていたわけではない。でも私は、皇后陛下がいらっしゃるところへ、二人目の妻として行くのだ。

「二番目の私が陛下に何をして差し上げたらいいのか、さっぱりわかりません。シエナを幸せにしたい、というのとはまた全然違うんでしょうし」

総督は、うーん、とうなる。

「私も結婚していないので、助言らしい助言はできないのですが……ルキアン殿の話を聞いて、リーリナ嬢はそのままで大丈夫そうだなと思いましたよ」

私は首を傾げた。

「兄様が、何の話を？」

「ルキアン殿は、リーリナ嬢のおかげで変わったと言っていました」

総督が、思い出すように視線を上げる。

「リーリナ嬢が変えたいと思ったのはシエナ嬢で、ルキアン殿ではありませんよね。でも、あなたが前へ前へと進んで行く力に、周囲はいい影響を受けて変わっていってるんです。ですから、皇帝陛下に特別何かしようとしなくても、リーリナ嬢が陛下のそばでも今のままでいられたら、それでいいのでは？」

「…………」

「環境が変わってもリーリナ嬢は変わるな！　という方が、本当は難しいのかもしれませんけれどね。よけい緊張してしまったら申し訳ない」

私は、帝国風のきらびやかな装飾の施された廊下や窓を見て歩きながら、想像する。

皇帝家の家筋とはいえ、属国からやって来た、王族でもない娘。きっと見下されることもあるだろう。

でも、『前世のように後悔したくない』という気持ちが、ずっと私のモチベーションだ。それを忘れなければ、きっとずっと私らしくいられるはず。

（こうして宮殿を歩いて、出会う人と交流して。わからないことは勉強して。自分を美しく保って。今まで通りそうすることが、帝国でも誰かのためになるなら、嬉しいだろうな）

私は隣の総督を見上げ、笑って見せた。

「何だか、ちょっと気が楽になりました。ありがとうございます！」

「本当ですか？　不安があったら、どんどん話して下さいね。私が相手でなくとも、ご家族やアザレア殿などに」

「はい、そうさせていただきます。……総督は、私が帝国に行く時、一緒にいて下さるんですものね？」

つい念押しをすると、総督は軽く目を見開いてから、安心させるように微笑んだ。

「ええ、一緒に参りますとも。そうだ、途中でオルシアル公爵領を通るので、私の実家で一泊することになるでしょう。父の前で、私のことをたくさん褒めてくださいね」

「任せてください。総督の背中がぞわぞわしちゃうくらい褒めちぎります」

ぽん、と自分の胸を叩いて見せると、総督は楽しそうに笑った。


タウンハウスに到着した翌々日が、王宮での行事だった。

シエナの王妃陛下への挨拶には、もちろんマリアンネお母様が付き添うのだけれど、私も直前まで一緒にいた。

白いドレスのシエナは、がちがちに緊張している。でも、弱音は吐かなかった。

「そろそろ始まるわ。大丈夫？」

「だ、大丈夫。挨拶、何度も、練習したし」

ドレスどころか顔まで血の気が引いて白くなっているけれど、シエナは自分に言い聞かせている。

誕生日パーティ以来、シエナは少しずつ積極的になっていた。

「行って、きます！」

そしてシエナは、やはり緊張してしまって言葉を少々噛んだりはしたようだけれど、とにかく王妃陛下への挨拶を乗り切ったのだ。

シエナと一緒に広間から出てきたマリアンネお母様は、ホッとした表情だった。一つ責任を果たした、という気分なのかもしれない。

これからの社交の場でシエナには、彼女が誰かと婚約するまで、目上の同性の親戚が付き添うことになる。私の場合は事情が特殊だったので、婚約者代理であるキーナスト総督が付き添ったけれど、シエナには何とルキアン兄様が付き添ってくれることになった。男性が付き添うことも、ないではないのだ。

「本当はリーリナ、お前自身がくっついて行きたいんだろう」

ルキアン兄様は私にそう言ったものだ。

「そりゃあそうよ、私なら完璧にシエナの手助けができる、と思うもの。付き添えないのが悔しいわ」

さすがに、私自身がデビューしたてである上、総督と一緒にいなくてはならない。

「なら、リーリナの代わりができるのは僕しかいない。シエナを助けてやる」

兄様はそう言って、お父様お母様に申し出てくれたのだ。

当然のことながら、兄様の頭には貴族たちの顔と名前が全て入っている。近衛騎士として様々な催し物の警備に参加してきているので、社交界の事情にも詳しい。

「あの人はサディア伯爵夫人だ、挨拶しろ」

「今の人はルディスマン家と縁続きだぞ」

シエナの耳元に次々と情報をささやき、シエナが場に応じて挨拶できるように完璧にサポートしてくれた。

私の時と同様、いったんタウンハウスに戻って着替えてから、夜に再び王宮を訪れる。

舞踏会が始まると、シエナはまずルキアン兄様と踊った。

そして、兄様が時間を見計らってシエナを王太子殿下のところへ連れて行き、ワルツがかかるタイミングで王太子殿下と踊れるようにした。シエナはワルツなら、ほとんどトチらずに踊れるからだ。

（さすが、兄様！）

私は心の中で拍手した。


その後、シエナは兄様と一緒に、ホールのソファで休んでいた私のところにやってきた。

「ルキアン兄様、完璧ね！　ありがとう！」

お礼を言うと、シエナも胸を押さえながら顔を上げる。

「あ、ありがとう、兄様……ふぁあ、よかった」

「僕はこういうことで失敗などしない」

兄様は何でもないような顔をしている。

私は吹き出しつつ、シエナをねぎらった。

「シエナ、お疲れ様！　ほら座って。素敵に踊れてたわよ！」

「そんなことない……つまずいちゃったもの……」

シエナはちょっとしょんぼりしている。

どう励まそうかと一瞬迷っている間に、彼女は顔を上げた。

「ううん、ごめんなさい、落ち込んだりしないわ。私、お姉様が安心して帝国に行けるくらいには、頑張ろうって思ってるのよ。だから、これしき」

キリッ、と表情を引き締めたシエナが可愛くて、私は思わずいじってしまう。

「ふふ、どうやって安心させてくれるのかしらー？」

「それは……こ、これから考えるけど」

シエナは拳を握る。

「とにかく、約束するわ。ちゃんとお姉様を安心させてみせます！」

そんなシエナの今日のドレスは、上半身は紫がかった赤ワイン色。肩を出して大人っぽくすっきりと、でも彼女が「太い」と気にしている腕は袖でふんわりと覆っている。スカートが広がるにつれて、色は徐々に淡くグラデーションになり、裾は淡いピンクだ。腰に大きく一輪、バラの一種であるピンクの花が縫いつけられて、いいポイントになっている。

（よく似合ってる。今日も可愛い）

そして、私は淡いラベンダー色のドレス。白と紫の小さな花がたくさん縫いつけられている、ややおとなしめのドレスなんだけど、シエナの提案で、花をシエナのと同じバラのデザインにした。紫系統と花で揃えた、仲良し姉妹ペアコーデドレスである。

「一度やりたかったの、二人でこういうの！　夢が一つ叶ったわ」

私はウッキウキだ。

（帝国に行く前にできて嬉しい！　このドレスは絶対、帝国にも持っていこう）

「お母様、花には気づいてないみたい」

シエナは後ろめたそうに、でもこっそりと笑っている。

お父様とマリアンネお母様は他の貴族たちとの交流に忙しく、今はこちらを気にしていないようだ。でも、姉妹で並んでいるところを見たらペアコーデに気づいて、「リーリナと比べられる！」と引き離されるかもしれない。

「お姉様、私、そろそろお母様のところに行くわ」

「そうね」

私がうなずき、シエナが立ち上がった時――

――大広間の方で、よく通る声が響いた。

「皆々様、ご静聴《せいちょう》願います」

大きな男性の声が、人々の注意を引いている。王宮から、何か発表があるらしい。

大広間の入り口まで行ってみると、国王陛下と王妃陛下のいらっしゃる所から一段下がった場所に、告知係らしき男性が立っていた。

彼は紙を両手で上下に開いて持ち、読み上げる。

「来年、我がラザフ王国は建国五百年を迎えます。春には盛大な建国祭が予定されております」

そんな話は、私もちらっと聞いていた。王都ではまず、大神殿で儀式、それから王家の方々のパレードがあるらしい。他にも、各地の神殿で儀式が行われ、広場で国民にお酒が振る舞われ、と色々計画されているようだ。

告知係は続ける。

「建国祭に伴《ともな》いまして、大神殿の意向により、儀式に特別な演目を加えることを、国王、王妃両陛下にお許しいただきました」

周囲の人々がざわめく。

「特別な演目ですって」

「何かしら」

声は続いた。

「演目は、神々に歌を奉納《ほうのう》するものでございます。つきましては、歌姫の選出を行いたいと存じます」

（へぇー、歌姫！）

驚いているうちに、詳しい説明が始まる。

「選出方法をご説明いたします。この秋の音楽祭にて、ミアロの町、マルファー神殿跡を会場に、歌姫選定を兼ねた音楽会を行います。これは国民に無料で開放されるもので、候補者の方々に課題曲のうち一曲を歌っていただき、観客による投票で歌姫が決まります」

ミアロはかつて王都だったこともある、歴史と伝統のある町だ。古い神殿がいくつも残っていて、観光地として整備されている。マルファーは音楽の神様だ。

その後に続いた細かい説明によると、社交デビュー済みで未婚の女性なら誰でも資格があり、自薦も他薦も可。夏至《げし》までに神殿に連絡を、とのことだった。

「ここにお集まりのご令嬢の皆々様、出場をお待ちしております」

告知係はそう締めた。

そして、読み上げていた紙を捧《ささ》げたまま大広間から出ると、用意してあった足つきの掲示板に張り出した。よく聞こえなかった人々が集まり、読み始める。


毎年秋、ラザフ王国では各地で音楽祭が開かれる。気候がいいので、劇場などの屋内だけでなく、例えば王都なら庁舎前や郊外の放牧地、古い砦《とりで》など屋外ステージもいくつか設置され、一週間にわたってお祭り騒ぎになるのだ。

その音楽祭の一つ、ミアロの音楽祭で建国祭の歌姫を選ぶとなれば、きっと人が大勢集まって盛り上がるに違いない。

「楽しそう、見てみたいわね」

「わ、私も、見てみたい。お姉様、一緒に」

「ええ、もちろん。帝国に行く前に見られるなんて幸運だわ、一緒に見に行きま……」

シエナに答えようとして、私は動きを止めた。

(歌？)

ピシャーン！　と、雷のように天啓《てんけい》が落ちてきた。

(このタイミングで、計ったかのようにこの行事……！　もし、もしもよ。シエナが音楽祭に参加してみんなの前で歌うことができたら、それはもう完璧に自信がつくのでは!?)

手をワナワナさせていると、シエナがいぶかしそうに首を傾げる。

「お姉様、どうかした？」

彼女自身は、参加など少しも考えていないようだ。

「ううん、ちょっとね」

私はあわてて笑みを取り繕った。

(いきなり無理強《じ》いはいけない。この件、じっくり検討してみる必要があるわね。でも、もしかしたらこの選抜が、シエナの人生のターニングポイントになるかもしれない！)

シエナとルキアン兄様は、マリアンネお母様を探しに行くと言う。私は軽く手を振って、二人を見送った。

ふと、視線を感じて振り向く。

ジェシカの青い瞳が、こちらを見ていた。

灰緑《かいりょく》色に金の模様の入った、大人っぽいドレスを着た彼女は、視線が合うとスッと近づいてくる。

「ごきげんよう、リーリナ。音楽会、出るつもりかしら?」

「ごきげんよう、ジェシカ。興味はあるけれど……私はあまり歌が得意ではないから、迷うところね」

私が出るかはどうでもよくて、シエナについて考えていた私は、さらっと答えた。ジェシカはうっすらと笑う。

「ただでさえ、皇妃教育で忙しいのでしょ。音楽会まで出張《でば》ってさらに忙しくしたら、その綺麗なお肌が荒れるわよ」

私は思わず、自分の頬に手をやった。真顔でお礼を言う。

「本当だわ、その通りね。気をつけなくちゃ。ありがとう、ジェシカ」

「………」

ジェシカは何やら黙り込んだ。私は聞いてみる。

「ジェシカは出るの？」

「さぁ、どうしようかしら」

彼女はツンと向こうを向き、そのまま立ち去っていってしまった。

「……ククッ」

気がつくと、キーナスト総督が笑っている。

「総督、何か？」

「いやいや、本当にリーリナ嬢は美しい肌をされてますね」

（確かに、前世に比べたら陶器みたいな肌だなと、私も思ってるけど……それの何が面白いのかしら）

よくわからない出来事だった。


シエナの社交デビューが無事に済み、トラークル侯爵領に戻った、夏の終わりのこと。

私とシエナはいつものように、『名前学校』で子どもたちに教え、そして屋敷に帰ってきた。執事が出迎え、「ライナー様がお二人をお呼びです」と言う。

お父様は、書斎で待っていた。

「おお、帰ったか。これを見なさい」

私とシエナ、それぞれに封筒が渡される。封蝋に捺されているのは、王家の印だ。

(あぁ、来たわね)

私はピンと来たけれど、シエナは不思議そうだ。

封筒を開いて手紙を読んでみると、思った通りの内容だった。

『音楽会出場のご案内
ミアロの町・マルファー神殿跡で行われる音楽会に、リーリナ・ルディスマン嬢に歌姫候補としてご出場いただきたく――』

誰かが私を、候補者に推薦したのだろう。

そして、シエナのことも。

「えっ? わ、私⁉」

シエナは自分宛の手紙を見てそう言ったきり、絶句している。シエナにも、同じ内容の手紙が来ているのだ。

お父様は微笑んだ。

「シエナ、時々リーリナの歌の授業に一緒に出ているそうじゃないか。先生に基礎を教えていただいているなら、何も恐れることはない。これも経験だ、出てみるといい」

シエナが呆然としているので、私から話しかける。

「お父様、シエナは私よりずっと歌が上手なのよ」

「そうかそうか。いや、リーリナの歌も聴いたことがあるが、素敵だよ」

お父様はそう言うけれど、私の歌は音程こそ外さないものの、特筆すべきところのない声、歌い方だと思う。関係者の誰かが、皇妃になる令嬢を推薦しないわけにいかないとか何とか、余計な気を回したのかもしれない。出たくなければ、私の方で理由をつけて辞退すればいいのだから。

(でも、シエナは本物よ。シエナが歌うのを聴いたことのある、アザレアやキーナスト総督あたりが推薦したんでしょうね。もしかしたら音楽の先生も。まあもちろん、私も推薦したけど)

「……でもあの……私は」

シエナが助けを求めるように、私を見る。私は微笑みかけた。

「今月の終わりまでにお返事すればいいって書いてあるわ」

お父様も言う。

「シエナ、少し考えてみなさい」

「え……ええ」

彼女は目を泳がせながらも、うなずいた。


書斎を出ると、私はシエナを誘った。

「ね、夕食まで少し、庭を散歩しない？」

シエナは手紙を握りしめたまま、うなずく。

私たちは、屋敷の外に出た。

美しく剪定《せんてい》された生垣の間を抜けると、大小の円形の花壇が水たまりの波紋のようにいくつも広がっていて、季節の草花が目を楽しませてくれる。その向こうに小さな湖が広がって、私の大好きな景色になっていた。

花壇の間の石畳を歩きながら、私はシエナに話しかけた。

「シエナ。どうして私が候補者に推薦されたか、わかる？」

シエナはきょとんとした。

「どうしてって……そんなの、お姉様の歌が素敵だからに決まっているわ」

「でも私、社交界に出て間がないし、まだ人前で歌ったことなどないのよ。私が上手いか下手かなんて、知っている人はほとんどいないわ。それなのに、どうして推薦されたんだと思う？」

「え……それは……」

シエナは口元に手を当て、考え込んだ。

私は続ける。

「……私、小さな頃から、お前は可愛い、美人になるって言われてきた。そんなふうに言われれば嫌でも自信がついて、いい意味で調子に乗るわよね。でね、十五歳になって以来、何か催しがあると誘われるのよ、『リーリナ嬢がいると場が華やぐから出てくれ』って」

特に年配の男性貴族が、おそらく褒め言葉のつもりで、そんなふうに誘ってくるのだ。美女がいると、前世風に言えば『映《ば》える』から、だろう。

「な、何だか、変な誘い方」

シエナは眉を顰《ひそ》めた。

「お姉様は、美しいだけの人じゃないのに」

「相手をよく知らない時って、外見で判断するじゃない？　そういう意味では私、得をしてるからいいの。いいきっかけになるし」

「きっかけ……何の？」

外見は、私のアドバンテージだ。逆に言えば、単なるアドバンテージに過ぎない。もちろん、磨きをかけたのは私の努力だけれど。

私は、シエナに伝わるように願いながら、言葉を選ぶ。

「ルキアン兄様に話したことがあるんだけど、外見には中身も伴わないとおかしいって、私は思っているの。だから、努力する。催し物に誘われて出るとなれば、恥をかきたくないから、こちらもきっちり準備するでしょ。そうしたことも積み重なって、さらに色々なことが身についてきた」

私は立ち止まって、シエナを振り向いた。

「絶世の美女なんて、そう何人もいないでしょ？　だからこそ注目されるんだから。でも、美女と呼ばれなくても、魅力的に輝いてる人はたくさんいるわよね。どうして輝いているのかしら？きっと、ひとりひとり、違うきっかけがあったからじゃないかと思うの。シエナにも、もちろん、あるんだわ」

「本当？　私にも、そんなきっかけがあるかしら」

「もう、それは訪れてる」

私はシエナの瞳を見つめた。

「私、シエナのきっかけは、歌だと思うの」

「歌……」

シエナは、驚きはしなかった。もしかしたら、何かが始まりそうなことを、彼女自身も薄々感じているのかもしれない。

（私が、その予感を、言葉にしてみよう）

そう思って、私は口を開く。

「私と違って、本当に本当の実力で、シエナの歌声は素敵だもの。子どもの頃に歌ってくれた子守歌、忘れてないわ」

「……懐かしい」

「また、あの頃みたいに、誰かを喜ばせる歌を歌ってみない？　ミアロの音楽会で」

「お姉様」

はっ、とシエナは息を呑み、目を逸らした。

「う、歌姫を選ぶ場よ!?　私の歌なんて、賑やかしにもならないわ」

「そんなことない。『名前学校』の子どもたちが喜んでいるのを、シエナも見てきたでしょう？　嬉しくなかった？」

「それは、ええ、嬉しかったけれど、でも……」

シエナはうつむいたまま、弱々しく笑う。

「お姉様が出れば十分だと思うわ、だってお姉様は綺麗……あっ」

さっき、人を外見だけで判断することについて話したのを思い出したのか、シエナはうろたえる。

「ご、ごめんなさい」

「ああ、いいのよ。というか、今回は客席からどれだけ舞台が見えるかしらね？　歌い手の顔なんか、目鼻口があることくらいしかわからないかも。あーあ、外見で稼げないんじゃ、ますます実力勝負ね」

ちょっと茶化して言った私は、続ける。

「シエナが候補者として音楽会で歌ったら、私や子どもたち以外にももっと多くの人が喜ぶわ。建国祭の歌姫には、選ばれても選ばれなくてもね」

「選ばれなくても……？」

「そりゃあ、大勢出て歌姫に選ばれるのは一人だもの。選ばれるかどうかは重要じゃなくて、たくさんの人にシエナの歌を聴いてもらいたい。シエナの魅力を知ってほしいな」

まあ、姉バカなので、シエナが選ばれると思ってるけど。でもシエナの場合、出場するだけでも上出来なのだ。

控え室で、歌う順番を待つところを想像する。私が先？　シエナが先？　私が先だといいな。大丈夫ってところを見せたいし、もしトチっても笑い飛ばしてみせたい。

そう思ったら、つい願望が口から出てしまった。

「一緒に出たいな、シエナと」

「………………」

シエナは黙り込んだ。

（あ。ちょっと強引だったかしら、これじゃあシエナが断れなくなっちゃう？）

私は急いでフォローする。

「ああ、私は、出るかどうか決めたわけじゃないんだけど。ええと、私はあまり歌が上手くないけど、シエナと一緒なら頑張って出てみてもいいかも……って迷ってるの。二人で何か、思い出を作りたいしね」

（本来なら、こういうコンテスト系には私は出ない方がいい。皇妃になる私を落選させるわけにいかないという忖度《そんたく》が働くからね。でも、今回は観客による投票だ。きっと、実力のある人が選ばれる。あとはシエナが決心できるかだけど……うーん、やっぱり難しいかなぁ、数人の子どもたちの前で歌うのとは訳が違うものね……）

「………………」

シエナはしばらくの間、黙っていたけれど――

――やがて、顔を上げた。

「……お姉様」

震える声。

「お姉様と一緒なら、私、出るわ」

私はつい、聞き返してしまった。

「ほ、本当⁉」

「私ね……どうしたらお姉様が安心してくれるかなって、ずっと、考えていたの。だって、お姉様が、安心して帝国に行けるようにするって、約束したでしょ?」

シエナはぎこちなく、笑みを浮かべる。

「招待状を見た時、出場すればお姉様が安心できるって、すぐに思ったわ。ただ、決心がつかなかった。さっきも、お姉様が出れば私なんか出なくてもいいって言ってしまってから、気づいたの。私、お姉様を言い訳に使っていたのかもしれない、って」

ぎゅっ、と、シエナの拳が握りしめられる。

「お姉様がずっと私の味方でいてくれたから、私はずっとその陰に隠れてた。でももう、そこから出なくちゃ。せっかくのきっかけ、これが私のきっかけなんだもの。出場するべきなんだわ」

(あぁ)

嬉しさが、こみ上げてくる。

（私が心配しなくても、シエナの方は、ちゃんと準備ができていたんだ！）

けれど、シエナはたちまち不安そうな顔になった。

「でも、あの……出場して、失敗しても、許してくれる……？」

「ばかね、成功とか失敗とか関係ない。出るだけで嬉しいわ、シエナ！」

私はシエナを抱きしめた。


夕食の後で、改めてお父様とお母様に話をしに行った。

姉妹で出場する、と言うと、二人ともとても驚いた。

特にお母様は予想外だったらしく、シエナを部屋の隅に引っ張っていって、

「本当にいいの？」

「あなた歌えるの？」

「リーリナと一緒に出るのよ？」

と問い質《ただ》している（ごめん聞こえちゃった）。また私と比較されることを気にしているのだろう。

でも、シエナはハッキリとうなずいた。

「私が、私の歌を聞いてもらいたいの。だから、出ます」

そんな妹は、もうそれだけで誇らしかった。

私と一緒に先生から歌を学んだシエナは、学校の子どもたちにもその知識を元に歌を教え、教えることでさらに深く理解し、自分のものにしていった。

もちろん、私も協力して腹筋を一緒にやっている。

皇妃になるための勉強と、歌の練習と、『名前学校』。忙しくしているうちに、日々は飛ぶように過ぎていった。

第六章　舞台に上がる一歩

ラザフ王国は、秋を迎えた。

音楽会の練習に紛れて、私の十七歳の誕生日もバタバタと過ぎていく。

私は、林の合間を行く馬車の中で、考え事をしていた。

(来年には、帝国へ行くのね……次にラザフに帰れるとしたら、いつになるのかしら)

そう思うと、馬車の窓から見える紅葉や、湖に映る山々などが特別なものに感じられる。

(皇妃になるなんて、運命がまるっきり変わるみたいなものだもの。例えば意識があるまま生まれ変わるとしたら、こんな気持ちになるんだろうな)

同じくアザレアも婚約中だけれど、準備は順調に進んでいるようだ。婚約者は遠縁の男性で、もちろんアザレアはこれからもラザフで暮らす。それが、ちょっとうらやましかった。

「あ、お姉様、町が見えたわ」

シエナの声に我に返って、私は彼女の側の窓に目をやる。

歌姫選抜の行われる、ミアロの町が見えていた。

ミアロの町は、大神殿とその門前町《もんぜんまち》を中心に栄えている。今の王都オルーニンに遷都《せんと》する前の、旧王都があった場所だ。大神殿以外にも、小さな神殿や崩れて廃墟になった神殿などがあり、観光名所になっていて治安もいい。

そのうちの一つ、音楽の神マルファーの神殿跡が、音楽会の会場になっていた。本殿は半分崩れて、建物としての用をなさないけれど、湖に石のステージが張り出している。周りにはぐるりと半円の階段があり、観客はその階段を客席代わりにして観賞する。

「立派な劇場ね……」

下見をしたシエナは、ちょっと身震いしているようだった。


観光地だけあって、ミアロには大きな宿泊施設がいくつもあった。私たちルディスマン家は、元々貴族の別荘として使われていた宿を丸ごと借り上げた。部屋は余っているので、お父様がキーナスト総督もお誘いして一緒に泊まっている。

「下見はしてきたのかい?」

夕食時、お父様に聞かれた。

「ええ、思ったよりこぢんまりした会場だったわ。ね、シエナ」

シエナをあまり緊張させないようにと、私はそんなふうに話を振った。

（そう、たいして大きい会場じゃないから！　大丈夫！）

総督もシエナに話しかけた。

「プログラムを見ましたが、シエナ嬢が歌うのは最後の方ですね。夕暮れ時になります。舞台には篝火《かがりび》が焚かれますが、歌い手から客席はあまり見えないかもしれません」

おあつらえ向きだ。客席が見えにくい方が、シエナは緊張せずに済むだろう。

（さっすがー。総督、ナイスアシスト！）

総督を見ると、わかっていますよとでも言いたげな視線と出合い、私たちはにっこりした。

シエナがうなずいて何か言おうとしたところへ、お父様は続ける。

「明日は、王太子殿下がお見えになるそうだぞ。きっと観客も大勢詰めかけるだろうな、楽しみだ」

（おーとーうーさーまー）

私は内心アチャーとなった。

シエナの顔が強《こわ》ばり、マリアンネお母様が呆れた様子で目配せをして、ようやくお父様も気づいたようだ。

「ま、まあ、練習通りに歌えばいいいさ！　我が家から二人も出場したというだけで、私は鼻が高いぞ！」

（まったくもう）

私は話を変えることにした。

「シエナ、音楽会は明日の午後だし、午前中はミアロの町を見て回らない？　緊張しながら待つのも嫌だし、他のことをしていたいわ」

もちろん、私は特に緊張しないタイプなので、これもシエナのためである。

「あ……そうね。きっと、本を読んでいても、集中できないと思うし……」

シエナがうなずいたので、私は振り向いた。

「お父様お母様、いいでしょう？　総督もご一緒にいかがですか？」

「申し訳ない、午前中は人と会う用事がいくつか入っておりまして」

彼は申し訳なさそうに言った。

ミアロの音楽会にはラザフの各地から要人が集まるので、その機会に挨拶だの紹介だのと社交も活発になるのだ。そういえば、お父様お母様も誰だかと会うと言っていた。

「あ、すみません、お忙しいですよね」

言いながら、私はちょっとがっかりする。

（総督と一緒に町を回れたら、きっと楽しいだろうと思ったのにな）

二年の間に、私は総督の人柄がとても好きになっていた。総督という、ラザフ王国を監視する職にありながら、彼はちっとも上から目線にならない。むしろラザフの文化を尊重し、人々の間に溶け込んで理解してくれている。シエナもいつの間にか、親戚であるかのように接していた。

私にとっても、一緒にいて安心できる人になっている。

（……皇帝陛下も、総督みたいな人だったらいいのに）

お父様が代案を出した。

「リーリナ、それならポリーナを連れて行きなさい」

「それに二人とも、疲れないように。昼食までには戻るんですよ。食事をしてから会場に行くのだから」

お母様に言われ、私とシエナは「はい」と声を揃えた。


そして翌日。

朝食のあとで、私とシエナはメイドのポリーナと一緒に、ミアロの町に出た。

数々の文化遺産があるため、町は景観に配慮していて、門前町に並ぶ店には統一感がある。町の人々も修復した古い建物に暮らし、ミアロ全体がかつての栄華を今に残していた。

王家の騎士たちが見回りをする中、私たちのように使用人に付き添われた貴族が、町を楽しそうに散策している様子もちらほら見受けられる。シエナも笑顔を見せた。

「お姉様、本当に神殿が多いのね。昔の人は、この全部に詣《もう》でていたのかしら？」

「どうなのかしら……それに、全部の神殿に神官がいたわけでしょう？　すごい人数だったでしょうね」

私も受け答えしながら、ホッとする。

（よかった、それほど緊張した様子はないわね）

私たちは姉妹で、ミアロ散策を楽しんだ。


空いている店を探してお茶の休憩を取り、あとは帰る道々であれこれ見てみよう、と歩き出した時。

「リーリナ？」

声がして、振り向いた。

少し離れたところに、馬車が一台止まっている。窓から覗いているのは、プラチナブロンドの美しい顔だ。

ジェシカ・アルトナーだった。彼女も今日、歌姫候補として音楽会に出場する。

「あなた、こんなところで何をなさってるの？」

「あらジェシカ。ちょっと散策よ」

普通に答えると、彼女は軽く眉を顰めた。一度、目を逸らし、そしてまた私を見る。

「……聞いていないの？　音楽会の最初に唱える祝詞《のりと》を、代表して何人かの候補者に唱えてもらう

ことになったって。私もだけど、リーリナもよ。午前中のうちに、簡単なリハーサルを行うという
から、向かうところ」

「えっ⁉　聞いてないわ！」

連絡が行き違ったのか、と焦る。

（それにしても、またもや私に大事な役目が回ってきてしまうわけね。嫌じゃないけど）

ジェシカはため息をついた。

「しょうがないわね、乗って。一緒に行きましょう」

「まぁ、ありがとう！　ポリーナ、シエナをお願い」

私はメイドに後を託《たく》す。

こちらはアルトナー家の御者がいるし、音楽会関係者が大勢いる場所へ行くので大丈夫だろう。

シエナは驚いたように瞬きをした。

「お姉様」

「後でね、シエナ。お食事、間に合わなかったら先に食べていて下さいって、お父様とお母様に伝
えて」

「は、早く戻ってきてね？」

「ええ、なるべくね。でも大丈夫よ、会場では一緒だから」

私は安心させようと笑みを作り、ひらりと手を振って、ジェシカの馬車に乗り込んだ。席を奥に

ずれて私の場所を空けながら、ジェシカは御者に指示を出す。

「ゴルクレス砦にやって」

「砦？　マルファー神殿じゃないの？」

不思議に思って聞くと、ジェシカは前を見たまま答える。

「会場でやると準備の邪魔になるから、違う場所でやるんですって」

「そうなのね。ぜんっぜん聞いてなかったわ、朝から出かけてしまったから」

馬車が動き出した。

「我が家は昨日、ミアロに着いたんだけど、ジェシカは？」

「私の家は毎年、この季節は隣町のシュセル伯爵家に滞在するの。数日前からいたわ」

「ああ、ご親戚だったわよね。ミアロにも以前から何度も来ているってこと？」

「ええ」

「じゃあ、このあたりに詳しいのね。シュセル伯爵といえば、王宮のパーティでお会いしたんだけど――」

雑談を振ってみたけれど、ジェシカはこちらを見ないまま、気のない様子で相づちだけ打っている。

（うーん、話が弾まない。でも、私のこと嫌っている様子だったのに、今日こうして乗せてくれるだけでもありがたいわ）

私はそれからは黙って、窓の外の景色を眺めていた。


馬車は、湖を回る道に出て進んだ。ようやく、ゴルクレス砦にたどりつく。

音楽会の会場であるマルファー神殿の、湖を挟んで向かい側にあるのが、この砦だ。昔は戦争で町を守る拠点だったけれど、現在は使われていない。古いので一部崩壊して、湖の中に石壁が崩れ落ちており、そんなところも風情がある。

けれど、この周辺は道も悪いし、周囲に他に見所もないので、観光客も来ない寂しい場所だった。

「確かに、ここなら他のお客さんに見られずにリハーサルできるわね」

馬車を降り、私は砦を見上げる。

ジェシカは何か御者と話していたけれど、やがて降りてきた。

「行きましょう」

砦は湖に突き出していて、橋だけで陸地と繋がっていた。渡ると、外壁にトンネルが開いている。

薄暗いトンネルに、私たちは並んで入っていった。

ジェシカが説明する。

「この先の中庭で、リハーサルだそうよ」

「そうなのね。本当に助かったわ、今度お礼させて」

「別にいらないわ」

ジェシカの反応は、けんもほろろだ。

二十メートルほど歩くと、トンネルを抜けた。

「……あら？」

私はあたりを見回す。

そこは、確かに中庭だった。おそらく、かつては演習場か何かとして使われたのだろう、踏み固められた土の広場である。

けれど、神官も誰も、そこにはいなかった。風が、砂埃《すなぼこり》を舞い上げる。

「早く着きすぎたのかしら？　そういえば、外に他の馬車がなかったものね」

私は言いながら、振り向く。

ジェシカの姿は、そこにはなかった。

「ジェシカ？　どこ？」

呼びながら、私は見回す。

砦の歩廊《ほろう》に上る外階段があったけれど、そこにはジェシカの姿はない。いくつかある扉は、どれも閉まっていた。開けば音でわかるだろう。

（トンネルを、戻った……？）

その、直後。

トンネルの中から、ガラガラ、ズシン、という音が響いた。

（な、何⁉）

驚いた私は急いで、トンネルを駆け戻る。

「あっ！」

トンネルの入り口が、格子《こうし》扉で塞がれていた。落とし格子というもので、扉が上から落ちてきたのだ。

そして、手前の壁際に、ジェシカが立っていた。彼女は無表情のまま、手に持っていた何かを放り出す。

それは、手斧《ておの》だった。

よく見ると、壁際の天井から、切れた太いロープがぶらさがっている。そのすぐ下に、巻き上げ機があった。格子扉を操作するためのものだろう。

（嘘、ジェシカが切った？　扉を閉めたの？）

「……リハーサルっていうのは嘘よ、リーリナ」

ジェシカは強ばった表情で、淡々と告げる。

「悪いけれど、音楽会が終わるまでの間、私とここに閉じ込められてちょうだい」

「な、何を言ってるの、ジェシカ⁉」

私はとにかく格子扉に近づいて、手をかけて持ち上げようとしてみた。

が、動くわけがない。落とし格子は、戦争の時に外敵が入れないようにするものなのだから。切れた太いロープも滑車《かっしゃ》からすっかり外れて落ちてしまい、直せそうになかった。

口調を変えずに、ジェシカは言う。

「ごめんなさい、リーリナ。でも、あなたほどの人なら、別に音楽会なんて出なくてもいいでしょ？　歌姫になんて、選ばれなくても」

どういうことかわからず、私は戸惑った。

「何の話……？」

「だって、皇妃に選ばれたんだもの。それ以上、何を望むの？」

ジェシカは、顔を歪《ゆが》めるようにして、微笑む。

「私は、両親からも周囲の人々からも、ずっとあなたと比べられてきた。でも、リーリナは美しくて、賢くて。私の両親はよく言っていたわ、『ジェシカを王太子妃にさせたかったのに、リーリナがいては難しいだろうな』って。失望したように」

「ジェシカ……」

「それでも私、頑張ったのよ？　ずっと努力してきた。いつかリーリナを超えようと、自分を磨いてきたわ。でも」

ジェシカの顔から、表情が消えた。

「リーリナ、あなたが皇妃に指名されたと知って、私の両親は何て言ったと思う？　『運が巡ってきた。リーリナがいないなら、ジェシカでも王太子妃になれそうだ』……ですって」

「…………」

ジェシカは目を伏せる。

「悔しいのはね、私も、そう思ってしまったということよ。結局……結局、私は、あなたが空けた席にしか、座れないの」

「そんなこと」

「それなのに」

顔を上げた彼女は、燃えるような視線で私をにらみつけた。

「どうして歌姫選抜に出ようとするの？　この上、歌姫の座まで欲しいの？　来年にはラザフ王国を去るくせに！」

「いいえジェシカ、私は選……っ」

言いかけて、私はハッと口をつぐんだ。

選ばれなくてもいい、などと言えるわけがない。

（シエナのために参加しただけで、私は選ばれなくてもいいんだ、なんて……真摯《しんし》に頑張ってきたであろうジェシカに、そんなこと、言ってしまったら……）

「リーリナ、わかって。あなたが何かに選ばれるたびに、私の存在価値は少しずつ、削れて、削れて、すり減っていってしまうの」

ジェシカは言葉を切り、唇を噛みしめた。

そして、うつむく。

「馬車は町に返したわ。音楽会が終わった頃、誰か寄越《よこ》してくれるはずよ。ここを出たら、私は皆にこう話すわ。私たちに嫉妬した誰かが、この砦でリハーサルがあるって言って私たちを騙し、音楽会に出られないようにしたんだ、ってね。ふふ、嫉妬の炎に燃えたおバカさんが私以外にいる、という設定ね」

「ジェシカ……。ねぇ、私を基準にして考えていていいの？」

私は思わず問い詰めた。

ジェシカがご両親の意向に従おうとしているのも、結婚相手について他家の令嬢と駆け引きするのも、ラザフの貴族令嬢なら普通のことだ。善《よ》し悪《あ》しはともかくとして。

でも、たぶんジェシカは私と比較されすぎたせいで、私に勝つか負けるかだけにとらわれてしまっている。だから、『リーリナがいなくなる、ラッキー！』とはならず、私が音楽会に出る出ないにまで振り回されているのだ。

「ジェシカは、あなた自身は、どうしたいの？」

「………」

ジェシカは返事をすることなく、壁にもたれて座り込んでしまった。

私も、もう何と言っていいのかわからなくなる。

（さすがに、ショックだわ。こんな行動に出るほど、ジェシカは……。と、とにかく、どうしよう）

町の方から、カーン、カーン……と鐘の音が聞こえてくる。

（真昼の鐘だわ）

あと二時間ほどで、音楽会が始まる。

私は、顔を上げた。

「……悪いわね、ジェシカ。あなたにはあなたの事情があるように……私にも、私の事情があるのよ」

ジェシカはぼんやりと、私を見上げた。

（だって、もし私が姿を現さなかったら、シエナはどうなっちゃうの⁉）

あの子は姉思いだ。私を心配して、もしかしたら捜し回って、歌どころではなくなってしまう。

せっかく、私を安心させようとして、そして自分のきっかけに気づいて、勇気を奮い起こして選抜に出るのに！

（シエナのために、やっぱり私も出なくちゃいけない。出ることに意義がある！）

何だか、前世で運動会を嫌がった私に両親がそんな台詞《せりふ》を言ってた気がするけど、まさに今の私の状況は『出ることに意義がある』のだ。

私はまっすぐに、ジェシカをにらみつけた。

「私は絶対、音楽会に参加するから！」

ジェシカは前髪をかき上げながら目を逸らす。

「……無理よ。陸に渡れる出入り口はここだけなんだから、諦めて」

「いいえ、諦めないわ！」

ドレスの裾をからげ、身を翻《ひるがえ》した私は駆け出した。


中庭に戻った私は、周囲を見回す。

（シエナのためだけじゃない。私はねぇ。舞台袖の特等席で、シエナが歌うところを見るの、めちゃくちゃ楽しみにしてたのよっ！）

スマホを持っていたら絶対、シエナの写真を撮りまくって待ち受けにしていたところだ。

（一緒に写真撮れたらいいのに。そうだ、屋敷に帰ったら絵師をお願いして、シエナと二人の肖像画を描いてもらわなきゃ。帝国に持っていくし。とにかく、シエナが歌うところを見られずに終わったらジェシカ許さん！）

「格子扉以外に、出られる場所は」

外階段を駆け上がり、砦の上、歩廊に出てみた。砦全体を見下ろして、確認する。

ゴルクレス砦は、湖に突き出した砦だ。さっきの落とし格子の向こうに跳ね橋が降りていて、その橋だけで陸地と繋がっている。

ロープか何かを使って落とし格子の向こうに降りられないかと思ったけれど、ちょうど格子扉の上のあたりは壁を高く作ってあり、さらに崩れていた。登れないし、ロープをかける場所もない。

砦の上のどこかから湖に飛び込んで、手近な岸まで泳げばいいのだろうけど――

(くっそおお)

私はギリリと、唇を噛んだ。

(泳げないのよ私っ！　前世も今世も！)

前世の恵理子は、できないことがすごく多くて、泳ぎもその一つだった。諦めきっていた恵理子は、大人になってからも練習しようなんて思わなかった。

でも。

(今世ではちゃんと練習したのに、泳げなくて！　私にできないことがあるなんて悔しくて、忘れたフリをしてたけど！)

私は宙を睨む。

(この屈辱、晴らさでおくべきか。絶っ対にいつか泳げるようになってやる！)

怒りに任せて、私は砦中を駆け回り、材料をかき集めた。

厩《うまや》から、干し草の残骸を持ってくる。

厨房で見つけた古いフライパンと火打ち石を持って歩廊に上り、干し草を火口《ほくち》にしてフライパンの上で火を起こす。

そこへ、私の外出用ドレスの裏地を破いたものを投入して燃やした。煙がもくもくと立つ。思ったより煙が少ないけど、やらないよりはマシだ。

(狼煙《のろし》、オッケー。次)

空き部屋の黄ばんだカーテンを外す。

厨房で見つけた焦げた薪《まき》をパステル代わりに、カーテンに大きくラザフ語で『助けて』と書く。

そして、湖側の歩廊から大きく広げてぶら下げた。

(救援要請、オッケー。次)

もう一枚カーテンを使い、放置されていた箒《ほうき》に結びつけた。白旗の完成だ。

私はそれを持って、再び歩廊に上がる。

掲げると、カーテンが風でバタバタとはためいて、旗が持って行かれそうになった。

「ぬおおお」

私は両手でしっかりと柄《え》を持ち、両足を踏ん張る。

「リーリナ・ルディスマンはここよ！　ＳＯＳ！」

大きく、白旗を振った。

「誰か、気づいて！」

腕が疲れて休憩したり、また旗を振ったり、燃えるものをフライパンに追加したり。そうこうするうちに、時間は過ぎていく。

（間に合わないかもしれない。でも、ギリギリまで頑張ろう！　ああもう、砦なんだし火薬でも残っていれば、どこか爆破とかできたかもしれないのに）

そんな物騒なものが廃墟に放置されているわけはないし、それ以前に砦は貴重な文化遺産なんだけど、爆発があれば目立つだろうな……などと思っていたところへ。

ミアロの町から湖に沿ってこちらに続いている道を、何かがやってくるのが見えた。

「馬だ！」

私は歩廊の上を走り、橋に近いあたりまで行ってみた。

馬を駆って全速力でこちらにやってくるのは――

「総督！」

ハルランド・キーナスト総督は、私の姿に気づいたようだ。橋の手前で馬の手綱《たづな》を引き、止まった。

「リーリナ嬢！　戻っておいでにならないと聞いて、捜していました。そうしたら旗が……なぜこんなところに⁉」

「あの、ごめんなさい、とりあえず出られないの！」

「えっ⁉」

馬を降りた総督は、橋を渡ってきた。

私も階段を駆け下り、中庭を横切ってトンネルに駆け込む。ジェシカは壁にもたれて目を閉じていたけれど、気配に気づいたのかチラリとこちらを見た。

総督は、扉を開ける手だてを探しているのかあちこちに視線を走らせていたけれど、駆け寄った私に気づいて格子に手をかけた。

「リーリナ嬢！」

「総督、よく気づいて下さったわ！」

私も思わず、格子にすがりつく。

まるで、離ればなれになっていた恋人同士の再会のようだ。違うけど。

（でも嬉しい！　ちょっとドキドキしちゃうくらいよ！）

総督は私の背後に視線を走らせる。

「ジェシカ嬢まで、どうして」

「…………」

彼女が黙って目を逸らしたので、総督はいぶかしそうに眉を顰めたけれど、すぐに私に視線を戻して頭からつま先まで観察した。

「ご無事のようですね、良かった。いったい、何があったんです？」

「その……ロープが切れて、開かなくなってしまって」

内側の巻き上げ機を指さすと、彼は「いや、そもそも何でこの中に」とぶつぶつ言いながらも確認する。

私は気になることを先に聞いた。

「あのっ、シエナは音楽会に出てますか⁉　そろそろ始まったでしょう⁉」

「ええ、もう始まっているはずです。シエナ嬢は会場入りはしていましたが、リーリナ嬢が戻ってこないとひどく心配なさっていて」

総督は言いながら、再び周囲を確認し始めた。

「町へ飛び出そうとするのを、周囲に引き留められていました。うろたえてしまっている様子で、歌どころでは」

「やっぱり。ああ……早く戻らないと」

「私とルキアン殿がこの砦の様子に気づき、ルキアン殿がシエナ嬢に『たぶんあそこで大騒ぎしてるのがリーリナだろう、心配しなくていい』となだめていました。おそらく、出場の準備はしていると思います」

ルキアン兄様はロディオン王太子殿下の護衛のため、ミアロの町に来ているのだ。

（大騒ぎって、ひどっ。でも、そうか……兄様が説明してくれたなら大丈夫かもしれないけど、とにかく早く帰りたい！）

焦る私に、総督は続ける。

「リーリナ嬢もジェシカ嬢も、順番を後ろに回してもらいました。シエナ嬢は元々、後の方ですし。とにかくここを出なくては。しかし」

彼は再び扉を調べ、

「落とし格子が一人や二人の力で開くわけがないな。破城槌《はじょうつい》があるわけじゃなし」

とつぶやくと、少し下がって橋の上からあたりを見回した。

「なるほど困ったな、こちら側は窓もない。足場のある場所は上が崩れているのか」

「……あの」

私は覚悟を決めて言う。

「私、歩廊から湖に飛び込みますので、助け上げて下されば」

「飛び込むのはやめて下さい、この砦の周囲には瓦礫《がれき》がたくさん沈んでいます。ぶつかって大怪我ですよ。それにリーリナ嬢、長距離は泳げますか？」

「えっ、いやその」

そもそも泳げない。

「泳いだとしても、地形的に這い上がれる場所が近くになくてですね」

キーナスト総督はそう説明しかけて、何かに気づいたように顎を撫でた。

「そうか。砦から出ること自体は簡単なんだ。あとは足場さえあれば」

「え？」

「待っていて下さい！」

総督は不意に身を翻すと、橋を渡り、馬に跨《また》がった。

「え？　え？」

呆然としているうちに、馬は元来た道を走り去っていく。

（ちょ待て総督ー！　どうするつもりだー！）

心の中で叫んだものの、もうあとは総督を信じるしかない。

「…………」

ジェシカはまた目を閉じてしまい、私は仕方なく歩廊に戻ることにした。

（また、上から様子を見ていよう）


砦からの景色を眺めながら、何もできないまま無為《むい》に時間が過ぎ——

（……ん？）

湖面を、何かが近づいてくる。

「あっ！」

思わず、声を上げた。

何と、小さなボートだ。キーナスト総督が、両手に櫂《かい》を持って漕いでいる。

この近辺の住人は湖で漁をするため、あれはたぶん漁船だろう。そして、どこかに必ず船着き場があると総督はふんで、それを見つけてきたのだ。

（そうか！　小舟なら喫水《きっすい》が浅いから、瓦礫が沈んでいても砦の壁にぴったりつけられる。私は、その上に降りればいいんだ！）

すぐに総督の意図を悟った私は、さきほどまでブン回していた旗から急いでカーテンを外した。

「ぬん！」

力を込めて引き裂き、結び合わせてロープにする。

そして砦の一階に降りると、湖側の部屋を急いで覗いて回り、そのうちの一室に駆け込んだ。厨房と繋がった倉庫で、かつては食料が置いてあったであろう部屋だ。

崩れかけて広くなった窓に駆け寄り、顔を出す。

「総督、ここです！」

「了解しました！」

総督が漁船の向きを調整し、こちらに向かってくる。

その間に、私は中庭に戻り、再びトンネルに駆け込んだ。

「ジェシカ！」

「え……」

目を開けたジェシカの手を取り、無理やり立ち上がらせる。

「な、何」

「あなたも来るのよ」

強引に引っ張って、倉庫まで連れていく。

窓から覗いてみると、すでに総督は窓の下まで来ていた。

「先に、ジェシカを！」

私は椅子を使って、天井の梁《はり》にロープを結びつけた。さらに椅子を窓際に移動し、ロープを外に垂らして振り向く。

「下に船が来てる、ここから降りて。音楽会、きっと間に合うわ」

「何を言ってるの？　置いて行けばいいじゃない、私なんか」

（『私なんか』）

その、前世から馴染みのある言葉に、私はついカッとなって大きな声を出してしまった。

「『私なんか』って呪いを自分にかけないで！」

ジェシカはギョッとしたように、喉をウグッと鳴らす。

私は彼女に詰め寄った。

「ずっと『私こそは』って積み上げてきたものがあるはずでしょ？『私なんか』って言葉で全部捨てるの？　そんな勇気があるなら他のことに使いなさいよ！」

「ゆ、勇気……」

「ほら、そこにあるきっかけを掴んで！　間に合うのよ⁉」

窓から外に垂れるロープを指さす。

見上げたジェシカは、くっ、と唇を噛んだ。

これ以上グズグズするならお尻を蹴っ飛ばして上らせてやろうか、と思った瞬間。

彼女はようやく、動いた。椅子によじ登り、その両手でしっかりと、ロープを——きっかけを掴む。

そして彼女は窓枠をまたぎ、外に出て行った。

（よし、私も行くぞ！）

椅子を上って窓からのぞくと、総督がジェシカを船の上で受け止めている。

それを確認してからロープを掴み、窓から出た。壁に足を突っ張りながら、慎重に降りていく。

プライドにかけて、落ちるわけにはいかない。

（水に落ちたら、泳げないのがバレる！　総督の前でみっともなくガボガボやりたくない！）

幸い、無事に私は総督の腕の中に降りることができた。力強い腕が、私を一度、ギュッ、と抱きしめる。

「っはぁーっ」

お互いにホッとして、私たちは同時にため息をついてしまった。

「ありがとうございます、総督……！」

お礼を言うと、総督は私を一度見つめてから、そっと下ろす。

「……あとで、何があったか説明してもらいますよ。とにかく、行きましょう！」

そして彼は、黙りこくっているジェシカを気にしながらも、再び櫂を握った。

船着き場まで漁船で行き、岩壁に作られた急な階段を上がって道に出ると、木に一頭の馬が繋がれていた。

「私が乗ってきた馬です。二人で乗って、急いでください」

キーナスト総督に促され、私はジェシカを鞍《くら》に押し上げると後ろにまたがった。

「ありがとうございます、すぐに迎えをよこしますから！」

「ええ、待っています！」

総督はそう言うなり、馬の尻を叩いた。すぐに馬は走り出す。

(間に合え！)

ジェシカの身体を腕で挟むようにして手綱を握った私は、必死で進んだ。西に傾き始めた太陽の光の下《もと》、景色が飛ぶように過ぎ去っていく。

すごく時間がかかったように感じたけれど、ようやくマルファー神殿跡にたどり着いた。馬から降り、ジェシカの手を引いて、令嬢たちが出番を待つ控え室まで走る。

控え室と言っても、舞台裏を衝立《ついたて》や布で仕切った場所なのだけれど、私たちはそこへ飛び込んだ。

「シエナ！」

「お姉様っ！」

「リーリナ様！」

目を赤くしたシエナと、側に付き添っていたポリーナが、ガバッと立ち上がった。神事の衣装は白と決まっているので、シエナは社交デビューした時のドレスを直して着ている。

シエナは私に駆け寄り、飛びついてきた。

「お姉様っ、よかった！　砦っ、あんな、『助けて』ってあって、悪い人に何かされたのかって、私っ」

「私は大丈夫、心配かけて、ごめんね」

息を切らせながらも、ぎゅっ、とシエナを抱きしめた。シエナも抱きしめ返す。

「よかった！　うう、う」

シエナの背中を撫でてなだめながら、控え室の中に視線を走らせる。もう我が家とジェシカの関係者くらいしかいない。

「ポリーナ、私、総督の馬をお借りして、ここまで来たの」

未《いま》だに息が整わないながらも、私は説明する。湖の南側にある船着き場に総督がいるから、誰かに迎えに行ってほしいのだと。

「船着き場⁉　は、はいっ、手配いたします！」

ポリーナは訳が分からない様子ながらも、あわてて出て行った。

「シエナ、順番は？」

「ええ、もうすぐ……だけど、まだドキドキして……どうしよう」

シエナはまだ、手を震わせている。私はその手を握った。

「ほら、洟《はな》かんで、深呼吸して。もう私は、大丈夫だから」

「はいっ……」

少しずつ、シエナが落ち着いてくる。

その間に、私は立ち尽くしているジェシカに近寄った。

「ジェシカ。あなた、表情に出さないのは、得意でしょ。何事も、なかったように、歌うのよ。私も、歌うから」

「リーリナ……」

ジェシカは眉を顰める。

「あなた、それで歌えるの？」

「ぜぇ、はぁ」

まだ息が落ち着かない。ルキアン兄様の言葉を借りれば『砦で大騒ぎ』した挙句、馬を全速力で走らせたのだ。砦の階段も、何度上り下りしたことか。

端的に言えば、私はヘトヘトなのである。

でも、私は言い切った。

「シエナと約束したから、歌うっ。ジェシカの歌も、聞かせて！」

ジェシカは私の勢いに呑まれたように、うなずく。すぐに彼女付きのメイドが衣装を持ってきて、ジェシカは着替えを始めた。

シエナはもう落ち着いて、少し水を飲み、ちょっと声を出してみたりしている。そうこうしているうちに、拍手の音がして、舞台にいた令嬢が控え室に戻ってきた。

次は、シエナの番だ。

「舞台袖で見ているわ、楽しみ。行ってらっしゃい」

手を握ると、シエナは握り返す。

「はい。行ってきます」

手が離れ、シエナは一歩を踏み出した。


舞台の中央に出て行くシエナを、私は袖から見守った。

階段状の客席は、観客でぎっしりと埋まっている。最前列に、王太子などの重要人物たちも座っている。おそらくルキアン兄様も近くにいるだろう。

歌い終えた令嬢たちも、今は客席側にいるようだ。

神殿の、石舞台。神に捧げるために焚かれていた篝火が、少しずつ暮れていく景色の中、火の粉をきらめかせる。

湖を背景に、シエナが舞台の中央に立った。

楽団が演奏を始め、シエナはその可憐な唇を開く。

最初の声が、発せられた。

私の位置からは、少しざわざわしていた観客たちが、一斉にハッと目を見開いたのが見えた。

場の空気がスッと清められるような、シエナの澄んだ歌声には、それだけの力がある。

観客席は静まりかえり、音楽と、シエナの歌だけが響いて、風と遊びながら湖面を渡った。

課題曲の中からシエナが選んだのは、双子の姉妹神を讃える歌だ。この大陸の神話では、太陽と月の神様は双子なのだけれど、常に表と裏として存在していて、会うことができない。でも互いの存在を知っていて、永久に支え合っている。

(伝わってるよ、シエナ。会えなくても、私たちはずっと仲良し。あなたはもう、私がそばにいなくても大丈夫)

私は、涙ぐまずにはいられなかった。

(本当はそれでも、一緒にいたかった)

最後の歌声が流星のように尾を引き、美しく消えていく。

大きな拍手が沸き起こった。

シエナは少し驚いたように目を見開く。

そして客席を見回し、頬を染め、嬉しそうに微笑んで、礼をした。


舞台袖に戻ってきたシエナを、私は両手を広げて迎えた。

二人で、ぎゅっ、と抱きしめ合う。

「やったわね、シエナ。素晴らしかったわ」

「お姉様……ありがとう。私……」

耳元で、シエナが声を震わせてささやく。

「私、もう大丈夫。だから、安心してね」

「ええ。そうね。シエナはもう、大丈夫。……ありがとう」

自然と、お礼を言っていた。

（私を、安心させてくれてありがとう、シエナ）

記憶のどこかで、恵理子がにっこりと笑った気がした。


ジェシカも、シエナの次にきちんと出場し、歌った。

私は着替えがあったので、全部は聞けなかったけれど、基本に忠実な、安心感のある歌声。湖をまっすぐに切り裂いて進む船のようだ。とても上手だと、私は思った。

そして大見得を切った手前、私も大トリ（結果的に）で歌ったんだけど。

コンディションは、最悪なわけで。

伸ばすところの息は続かないわ、声は裏返るわで、カエルの方がよほど上手なんじゃないかと思った。半ばヤケクソで歌い、終わった瞬間にとうとうゲホゴホと咳《せ》き込み、逃げるように舞台を去った私である。

（無理に決まってるでしょコレ……！　ひーん、恥ずかしい！）

ポリーナの同情の視線を浴びつつ、私はがっくりしながらも着替えたのだった。


客席に行ってみると、ちょうど会場の係員が箱を持って回っているところだった。観客は、素晴らしいと思った歌い手の番号を書いた紙を、そこに入れていく。

関係者の席で、お父様が真顔でシエナの両肩に手を置いていた。

「シエナ。なんと素晴らしい……感動したよ。天使の歌声だった」

マリアンネお母様は、ハンカチを口元に押し当てて涙ぐんでいる。

「よく……よくここまで……」

シエナは両手を胸にあてた。

「ラザフ王国を見守る姉妹神に、それから、私のお姉様に。両方に感謝の気持ちを届けようと思って」

そしてシエナは、近寄った私を見上げる。

「全部、お姉様のおかげなのよ。お姉様は私を変えてくれたの」

「リーリナが……？」

お父様は不思議そうな表情である。それはそうだ、誕生日パーティのダンスの件以外は、慈善活動の本当の目的から何から、全部秘密にしていたのだから。

「シエナが少しずつ変わっているのは、気づいていたけれど……そうだったのね。あんなに心を打つ歌だったのは、リーリナが……」

マリアンネお母様は、私にも優しい視線を向ける。

「ああ、そういえばリーリナ」

お父様も、まるで何かに気づいたような体《てい》で、私に笑いかけた。

「お前の歌もまあ、なんだ、なかなか良かったぞ！」

「……ありがとうございます……」

（……無理に褒めなくてもいいです）

苦笑いしながら見回してみると、ジェシカの姿が目に入った。

アルトナー家の人々と一緒にいた彼女は、両親と何か話している。今日のことを説明しているようだ。

そんなジェシカと、一瞬、視線が合った。彼女はすぐにふいっと目を逸らし、舞台の方を向く。

私の歌がさんざんだったのだから、勝ち誇ってもいいところだと思うけど、私にしたことを考えて複雑な心境なのだろう。

（ジェシカ……）

「お姉様？　お姉様、聞いてた？」

シエナが頬を上気させて話しかけてきた。

「え、ああ、ごめんなさい、何？」

「お母様がね、シエナとお姉様は本当に仲がいいのねって。今まで引き離そうとしてごめんなさい、って。それでね、二人で並んだ肖像画を絵師に描かせたらどうかって」

「ああ、うん！　それは私も考えてたから、嬉しいけど」

私は苦笑する。

「それよりシエナ、そろそろ結果発表じゃない？」

「発表は聞かなくていいわ、もう戻りましょう？　お昼ご飯が喉を通らなかったから、私、急にお腹が空いてきちゃって。お姉様だって、食べていないのでしょう？」

ね、と可愛い笑みを見せるシエナは、すでに夕食に意識が行っているようだ。

そこへ、声が響いた。

「それでは、発表です」

「ほらっ、シエナ、聞きましょう」

私は、帰ろうとしているシエナの手を握って引き止める。喉が勝手に、ごくりと鳴った。

舞台に、ロディオン王太子殿下が上がってきた。手に封筒を持っている。

殿下は舞台の中央で、客席に語りかけた。

「どの候補者の歌声も、神話と悠久の歴史を感じさせる、素晴らしいものでした。候補者、そしてここにお集まりの皆さん全て、ラザフ王国五百年の歴史に感謝する思いは同じ。その感謝の祈りを一つにして、歌姫の歌で、天上の神々に届けてもらいましょう。それでは、最多票を獲得いたしました、建国祭の歌姫を発表いたします」

殿下の手が、封筒を開いてカードを取り出す。


「――シエナ・ルディスマン嬢」


わあっ、と歓声と拍手が湧いた。

「……え？」

シエナは、ぽかんとしている。

私は勢いよく、愛する妹を振り向いた。

「やっぱり！　すごいわシエナ、おめでとう！」

どうやらシエナは、歌い切ったことですっかり満足していて、自分が選ばれるなどとカケラも思っていなかったらしい。

「私が……歌姫？」

「そうよ、シエナが選ばれたの！」

シエナはしばらく、呆然としたまま黙っていた。

「シエナ？　大丈夫？」

彼女の顔の前で、私はちょっと手を振ってみる。

シエナはやがて、私だけに聞こえるよう、声を低めた。

「……お姉様。お姉様を砦に閉じこめたのは、ジェシカなんでしょう？」

不意打ちの質問に、私はうろたえた。

「えっ？　そ、そんなことは」

「私には隠さないで。私、ジェシカがお姉様を連れて行った時、見ていたもの。何となく変だなって、思ったの。戻ってきてからも、二人で話している様子が、何だか……」

「……」

言葉を見つけられずにいると、シエナはつぶやくように言った。

「きっと何か、事情があったんでしょうけど。でも……ジェシカが選ばれなくて、よかったって、思ってしまったわ。私、お姉様の仇《かたき》を取れたかな」

「シエナ・ルディスマン様、どうぞ、舞台へ！」

係から声がかかる。

シエナは拳をぎゅっと握りしめた。そして、階段席を降りていく。

私は見逃さなかった。

途中、ジェシカの横を通る時に、シエナがジェシカの方をじっと見つめたことを。

（シエナが……シエナがジェシカに、ガン飛ばしたぁ！）

ジェシカは顔を強ばらせたけれど、シエナは何も言わずに目を逸らし、舞台に向かう。

舞台では、王太子殿下が待っていた。

にわかに緊張し、ぎくしゃくと舞台に上がったシエナに、殿下は花冠を持って近づく。

「シエナ・ルディスマン嬢、おめでとうございます。天使たちと遊んでいるかのような歌声、素晴らしかった。あなたの歌に、神々もお喜びになるに違いない」

「あ、あ、あ、ありがとうございます」

震える声で答えたシエナは、膝を折って頭を下げた。殿下の手で、彼女の黒髪に美しい花の冠がかぶせられる。

身体を起こしたシエナは、強ばった顔で何とか客席の方を向いた。歓声と拍手が、ひときわ大きくなる。

私も力一杯、拍手した。シエナと目が合ったので、私は両手の人差し指を自分の口の両端に当て、クッと持ち上げて見せた。

（スマイル、スマイル！）

シエナは、ふわり、と笑った。

（あぁあ）

私は思わず涙ぐむ。

（ちょっと皆さん、見ました⁉　あれ、うちの妹！　やっぱり可愛いわー！）

歌姫に決まったシエナが、改めてもう一度歌うことになる。楽団の演奏が始まり、静かに歌が始まった。皆、聞き入っている。

感動してハンカチをせっせと目元に当てつつ、私は石段を少し降りて、ジェシカに近づいた。

「ジェシカ」

「……リーリナ……」

彼女は一瞬、私を見たけれど、すぐに舞台に視線を戻した。さっきはちゃんと聞けなかったのだろう、改めてシエナの歌を聞いて、驚いているように見える。

私はささやいた。

「ね、私のことばっかり気にしている場合じゃなかったでしょう。シエナは『変わりたい』って、勇気を出してきっかけを掴んだの」

ジェシカはつぶやくように答える。

「……あの子、前に会った時と全然違うわ。あなたの陰に隠れて、ひっそりしてたのに」

「出場を決心した時、『お姉様を言い訳にしていたのかもしれないと気づいた』って、言っていたわ」

はっ、とジェシカは息を呑み、そして舞台のシエナを見つめた。

「……そう。リーリナをいつも気にしているところ、シエナと私は似ていたのかもね」

「私だけじゃない、自分と他の人を比べていたら、きりがないのよ。……ええっと、ジェシカ、私たちは今日、誰だかに騙されて二人で砦に閉じ込められたんだったわね。あなたの家族のためにも、そういうことにしておきましょう」

私はそれだけ言って、立ち去った。

夜の始まり、群青の空に、シエナの歌声が上っていく。

天の神々へ贈る、子守歌のように。


ところで、置き去りにする形になってしまった総督は、無事に町に戻ってきた。

「ポリーナの連絡で、ルキアン殿が迎えに来てくれたんです。リーリナ嬢の歌の、最後の方には間に合いましたよ」

（間に合わなくてよかったのに）

ため息をついた私である。

我が家の面々で夕食を食べた後、私は宿のテラスにシエナと総督、ルキアン兄様を誘った。そして、今回の件の事情を説明する。

「ジェシカが歌うことを諦めずに出場したから、もういいかなと思ってるんです。シエナが仇をとってくれたし」

「でも、ジェシカとお姉様は、誰かに騙されて砦に行ったことになっているでしょう？」

「そう。そして、騙されたことに気づいてすぐに戻ればよかったのに、せっかくだからと二人で秘密の練習をすることにした。ところが、古くなった落とし格子のロープが『勝手に』切れてしまい、閉じ込められて出られなくなった。……無理があるかしら？」

ちょっと上目遣いに総督を見ると、総督は笑い出した。

「ははは、リーリナ嬢には敵《かな》わないな」

「総督、しかし」

ルキアン兄様が不満そうな声を上げると、総督は続ける。

「皇帝陛下の婚約者をどうこうしたとなると、ジェシカ嬢とそのご一家は大変なことになる可能性がある。このくらいでうやむやにしておいた方がいいでしょう」

ああ……と、兄様も顎をなでる。

「……なるほど、そうですね。リーリナの話だと、ジェシカはきっと立ち直るということだったたし

「……」

「そうなのよ！　もう、こんなことしないと思うから！」

大きくうなずいて見せると、兄様は口の端を軽く上げた。

「わかったよ。そういうことにしよう」

「よかった！　何だか兄様、少し変わった気がするわ。前の兄様だったら絶対に許さなかったでしょ？」

「お前を見習って、最近は人を否定ばかりしないようにしている。それだけだ」

ルキアン兄様は肩をすくめた。シエナがくすっと笑う。

総督も再び、声を上げて笑った。

「いやいや、せっかく美女二人を乗せての船遊びだったのに、ちっとも楽しめなかった。また行きましょう、リーリナ嬢。そうだ、今度は泳げるように、もっと綺麗な湖にでも」

「そっ、そう、ですね！　わぁ素敵！」

私は引きつった笑みを返した。

（泳がなくていいけどねー！）

ミアロの音楽祭は、大盛況のうちに幕を閉じた。

本当は、選抜の翌日も観光する時間がたっぷりあったんだけど、私は全身筋肉痛で動けなかった。

残念。

ちなみに、私とジェシカが呰で一緒に歌の練習を……と聞いたお父様は、

「お前とジェシカ嬢は、そんなに仲が良かったかね……？」

と首を傾げていた。

第七章　『さすがお姉様』と言われたい！

今日の『名前学校』の給食もまた、歌姫のように、投票によって選ばれし給食だった。

なんて言うと大げさだけど、今まで食べた給食の中から子どもたちが好きなメニューを投票して決まった、リクエストスペシャルなのである。

人気はハンバーガーで、それにスパイスで味をつけたフライドポテト、トマトやキャベツたっぷりのミネストローネ。この日は子どもたちも誘い合って、大勢来ていた。

何だか騒がしいなと思って見ると、一つだけ余ったハンバーガーを誰が食べるかで、三人の子どもがワァワァと喧嘩を始めている。

「あなたたち」

アザレアがスーッと近寄り、迫力のある笑みを見せた。

「学校で何を学んだのかしらぁ？　争いごとを解決するためにも、頭を使いましょうね。三等分、できるでしょう？」

「あっ」

子どもたちはいっぺんでおとなしくなった。アザレアの注意の仕方は、妙に迫力がある。

彼らの一人が、おずおずと言った。

「ええと、ちゃんと分けるので、ナイフ、かしてください……」

「はい、どうぞ。多少大きさが違っても譲り合って、ね？」

アザレアはにっこりとナイフを渡し、あとは口を出さずに見守っている。

そんな彼女は、この冬で『名前学校』を離れることになっていた。春に結婚する予定だからだ。お嫁入り先は少し遠くて、ここまで毎週は通えない。

「アザレアがいなくなると、寂しくなるわ」

話しかけると、アザレアは私を振り向いて微笑む。

「私も寂しいわぁ。……私も、領地で学校、やってみようかしら？」

「あら、いいわね！」

うなずくと、アザレアは子どもたちが使い終わったナイフを片づけながら言う。

「リーリナも、帝国で学校をやったらいいと思うわ。あなたらしく、ね」

(帝国でも私らしく。そうね。前世みたいに後悔しないように)

私は、自分の中心にあるその気持ちを再確認する。

給食の片づけが終わってから、シエナがアザレアに話しかけた。

「あの……授業の前に、アザレアに贈り物があるの」

「あら、なぁに？」

きょとんとするアザレアの前で、私は子どもたちを振り向いた。

「さぁみんな、並んで！」

彼らはわいわいと横一列に並ぶ。

シエナの掛け声で、歌が始まった。

結婚の、お祝いの歌だ。アザレアが来られなかった日に、シエナが子どもたちに教えてこっそり練習したのである。

年齢もバラバラ、練習量もバラバラの合唱団だけれど、ざっくりしたハーモニーでも元気で楽しそうで、気持ちの伝わる歌だった。

「まぁ……」

アザレアは頬を染め、そして涙ぐんでいる。

歌い終わった子どもたちが、アザレアを囲んだ。

「アザレアさま、おしあわせに」

「おしあわせにー！」

アザレアは身を屈め、一人一人と目線を合わせて握手した。

「ありがとう。この学校のこと、私、忘れないわ。みんな、しっかり勉強してね」

「う……うわーん」

悲しくなって泣いてしまう子もいて、私もシエナもついもらい泣きをしてしまった。

そう、『名前学校』でシエナが行っている歌の授業は、子どもたちに大人気なのだ。

「シエナさま、お姫さまになるんでしょ」

「歌姫さまなんだよね」

「かみさまに歌をあげるんだって」

「すごい！　どうやって歌うの、教えて！」

褒められ、必要とされると、嬉しくなる。頑張る気持ちが湧く。

「建国祭までに、もっと、うまくなりたい」

シエナの歌には、どんどん磨きがかかっていった。


そして彼女は言葉通り、春の建国祭で見事に歌ったのだった。


私とシエナは、屋敷の庭のあずまやで二人、お茶とお菓子でねぎらいの宴《うたげ》を開いていた。

「はぁ……」

私は頬に片手を当てて、うっとりとため息をついた。シエナが照れくさそうに笑う。

「もう、お姉様、また思い返しているの？」

「だってだって、本当に綺麗で素敵だったんだもの！」

もう一つ、私はため息をつく。


王都の王宮前広場に作られた特設ステージで、シエナは歌った。

真っ白な衣装、花の冠。ほんのりとではあるけれど自信をつけたシエナは、内側から光り輝いていて。

広場を囲む建物の窓からは、フラワーシャワー。舞い散る花びらは、まるでシエナの歌と管弦楽《かんげんがく》の演奏に乗ってダンスしているようで。

神々の天上の宴とは、きっとあんなふうなのだろう。


「みんな驚いていたわ、シエナ・ルディスマン嬢がこんなに美しい声を隠していたなんて……ってね。本当に素晴らしかった」

「そんな、何回も……。あ、あのね、お姉様」

頬を染めたシエナは、今日、少し大きめの耳飾りをつけている。最近、着たい色、付けたいアクセサリーなどを、気後れせずに一度は試してみるようになった。

「建国祭が終わった後にね、王太子殿下にお声をかけていただいたんだけど……今月末の、王子宮での茶会に、私を招待したいって……あの、ねぎらいたいからって」

「わぁ、素敵！」

私は思わず、自分の頬を両手で押さえる。

王太子殿下のお誘いは、今回だけではない。歌姫選抜以来、殿下は何かとシエナに接触してきているのだ。他の音楽祭も見ておくと勉強になるから一緒に……とか、近隣の領地で冬の行事に出席するから見に来ませんか、とか。

近衛騎士団のルキアン兄様が、

「王宮では、ロディオン王太子殿下がシエナ・ルディスマン嬢を見初《みそ》められたのでは、ともっぱらの噂だ」

と教えてくれた。

（よっ殿下、お目が高い！　ラザフ王国万歳！）

私は大興奮だったけれど、マリアンネお母様は少し複雑な気分のようだ。

先日、お父様と話をしているのを、私はうっかり立ち聞きしてしまったのである。

「もしもシエナが王太子妃に、という話になるなら、それはリーリナがいてこそ……なのでしょうね」

「ああ……そうかもしれないな。本当なら、侯爵家の娘とはいえ私とマリアンネの子だ」

私はハッと息を呑んだ。

（そうか。マリアンネお母様が愛人だったという過去は、影のようについてまわる。貴族社会って、そういうことは気にするものね。だからその娘のシエナは、王太子妃候補としては上位ではなかったはず……）

それでも、国王陛下や王妃陛下が黙認しているのは、シエナに皇妃になる姉がいるから、なのかもしれない。ここにもまた、皇帝と縁戚になれるなら、という裏事情が影響している可能性がある。

「シエナは、ロディオン殿下のこと、苦手ではなさそうね。どう思ってるの？」

何気なく聞いてみると、シエナは「えっ」と目を逸らし、テーブルの上で何やら意味もなく指を組み合わせた。

「どうって……あの、穏やかで優しい方だわ。王太子殿下なのに、私、不思議とあまり緊張しないの」

二人の関係は良好なようだ。

（それなら私、やっぱり皇妃に選ばれてよかったというものだわ！）

うきうきしながら、勧める。

「じゃあ、お茶会のお誘いも嬉しいわね、行ってらっしゃいよ」

シエナは身を乗り出した。

「お姉様も一緒にっておっしゃってたわ。ね、来てくれるでしょう？」

「ええ？　行くわけないじゃないの、お邪魔虫だものー！　私もどうぞなんて、社交辞令に決まってるわ！」

「そんな、私だけじゃ！」

「殿下はシエナに来てほしいのよ。さすがは我が妹ね！」

私が言うと、シエナは口を開けたまま絶句してしまったけれど——

——やがて、照れくさそうに微笑んだ。

「私、いつも、さすがお姉様って思ってたけど……お姉様に、『さすがは我が妹』って言われると、とても誇らしいわ」

私は思わず笑い出す。

「シエナったら、もっと自信を持っていいのよ。絵師が何人も、歌姫シエナの絵を描きたいと言ってきたそうだし……そうだ！　私たち二人の絵も描いてもらおうと言ってたんだったわね。帝国に持って行くんだもの！」

「お姉様……」

シエナはたちまちしおれる。

「もうすぐなのね……秋になったら、お姉様は帝国に……」

「シエナ」

涙ぐむシエナの肩に、私はそっと手を置く。

「それまで、楽しいことたくさんしましょうね。あ、もうすぐアザレアの結婚式だし」

私とシエナは結婚式に招待されていて、いわゆるブライズメイドとしてアザレアに付き添うことになっている。それも楽しみなのだ。

その結婚式には、ジェシカも招待されている。

シエナが王太子殿下に気に入られたことを、ジェシカは快く思わないだろう、シエナに何か嫌がらせをしてくるのでは……と、私は少し心配して警戒していた。

けれどそんなことは一度もなく、逆に先日、なんと彼女から贈り物が届いた。

それは靴箱くらいの大きさの箱で、開けてみると、中には素敵なデザインのコサージュが二つ並べて入れてあった。薄紫と、ピンクのそれは、バラのデザイン。

短い手紙がついていて、『私のデザインしたドレスや小物を、領地の店で製作・販売してもらうことになりました。ご入り用の際はどうぞ』と書かれている。

（ひょっとして、お詫び？　それにしてもこのバラ、シエナのデビューの時に私とシエナが着ていたドレスと同じ種類のバラ……。さすがはジェシカ、姉妹コーデに気づいていたのね。素敵なアレンジだわ）

ジェシカのドレスは、いつもとても趣味がいい。どうやら彼女は自分のセンスを生かして、デザイナーへの道を歩み始めたようだ。貴族の女性をターゲットにしたドレスは、製作を町の店に任せることで雇用を生み、デザイン料を町の施設に寄付することで慈善活動にもなる。

（私や他の誰かと比べるんじゃなく、自分を見つめたのかも）

いつかジェシカは、ラザフ王国のファッションリーダーになるのかもしれない。

その時。

屋敷の方から、お父様が歩いてくることに、私は気づいた。その後ろには、キーナスト総督もいる。

「……どうしたのかしら」

立ち上がると、シエナも「えっ」と驚いて振り向く。

「リーリナ」

あずまやに入ってきたお父様は、私に用があるようだ。

（……顔色が、悪い？）

「どうなさったの、お父様……何か悪い知らせ？」

「その……悪いというか、いや、悪くはないのだが」

お父様は珍しく、言葉に迷っているようだ。シエナが不安そうに私に身を寄せ、私も戸惑いながらシエナの手を握る。

「何か、あったんですか？　おっしゃって下さい」

「リーリナ。実はな」

お父様は目を泳がせてから、私を見つめた。

「アストレラント帝国の皇后陛下が、お子を身ごもられたそうだ」

「……はぁ」

私は首を傾げる。確かに悪くない、おめでたい知らせだ。

「ええと、おめでとう、ございます」

「う、うん」

お父様は目を逸らす。

「お父様？　あの、喜ばしいことですよね？　何か問題でも」

「その、つまりな」

口ごもりながらも、お父様は続ける。

「第二妃にリーリナを迎えようという話は、そもそも皇后陛下がお子に恵まれなかったためで、仕方なく属国から」

私は固まった。

「え？　あの、お父様。まさか」

お父様はますます、言いにくそうになる。

「すでに、安定期だそうだ。生まれるのが皇子殿下でも皇女殿下でも、帝国では皇帝の地位を継ぐ資格がある。つまり……皇后陛下が、第二妃は、必要なし、と」

今まで黙っていたキーナスト総督が、いきなり進み出たかと思うと、九十度のお辞儀をした。

「リーリナ嬢、申し訳ありません！　婚約解消、ということになります……！　本当に申し訳ない！」

「……へ？」

婚約解消、の文字が、私の頭を横からお寺の鐘のようにゴーンと打った。

頭の中がぐわんぐわんと鳴り、私は呆然とする。

（え、待って、何？　どういうこと？）

シエナと離れるのだと、さんざん悲しい思いをして。

私がいなくてもシエナが大丈夫なようにと、慈善活動から何から細かく計画して。

もちろん、皇妃教育も頑張ってきて、未来の結婚生活に悩んだりもして。

（それなのに、婚約、解消、だとぉ……!?）

「うーん」

くらあっ、と目眩《めまい》を感じて、私はふらつく。

「お姉様っ」

「リーリナ嬢！」

パッ、と総督が私に手を伸ばして受け止めてくれ、私は倒れずにへたり込むだけで済んだ。総督に抱えられた姿勢のまま、お父様を見上げる。

「お、お父様……じゃあ私、どうなるの……？」

「リーリナ」

「私、誕生日パーティで誰とも踊ってない。だって、皇妃になるはずだったから。今、私には一人も、婚約者候補がいないわ。ねぇ、どうなってしまうの……？」

お父様は汗をふきふき答える。

「だ、大丈夫だリーリナ、そこは何とかしよう。そうだ、十八歳の誕生日に改めてパーティを——」

私は思わず叫んだ。

「そんな恥ずかしいこと、やめてえええ！」


——ここから、私がどう立ち直ったかという話を、最後に聞いてもらいたい。


最初に私の心を浮上させてくれたのは、『名前学校』の子どもたちだった。

ずっと「あなたたちが大人になる頃、私はこの国にいないけど」みたいな枕詞《まくらことば》付きで話していたにもかかわらず帝国行きがなくなってしまったので、恥ずかしいやらいたたまれないやらで私は学校に行くことができないでいた。

けれど、シエナが子どもたちからの手紙を預かってきてくれたのだ。

習いたてのたどたどしい文字で書かれたそれには、

『リーリナさまがいる、うれしい』

『またおしえてください』

『いっしょにうたおう』

などの言葉が書かれていて、私は嬉しくて――いや、それでもまだやっぱり恥ずかしくて学校に行けてはいないんだけれど、待っていてくれる人がいるということに少し救われた。

お父様もそれらの手紙を読んで感動し、

「リーリナ、お前の名前を冠した新しい学校を建てよう！」

などと言い出している。


そしてまた、貴族の男性たちが水面下で、私にアプローチしようとしているらしいとも聞いた。皇妃に選ばれるような美女（私）を彼らが放っておくはずもなく、お父様に探りを入れてきているらしい。


それに。

王太子殿下は今でも、シエナに手紙を下さっている。皇帝家と縁続きになるといううまみがなくなっても、シエナのことを好いて下さっているのだ。

しばらく落ち込んだのち、私は考えた。

ここが、私の頑張りどころなのかもしれない。

「つまり、皇帝陛下ほどでなくても、姉の私が素晴らしい男性と結婚すれば、シエナと王太子殿下のことにも不安がなくなるわけよね」

私はこぶしを握り、誓ったのだ。

「私、婚活を頑張る！　めちゃくちゃ素敵な相手と結ばれてみせるわ。シエナのために！」

「あなたはどうして、そんなに美しく聡明なのに、ご自分を中心に考えないんですか……」

キーナスト総督には呆れられてしまったけれど。

「お姉様が行かないでくれて、私、本当に本当に嬉しいわ！」

シエナは天使の微笑を見せてくれた。


可愛い妹に『さすがお姉様』と言われるように、私、これからも頑張ります！

番外編一　ハルランド・キーナストは聞き取り調査をする

ミアロの音楽会が表向きは問題なく終わり、ラザフ王国は冬を迎えた。

窓の外は、ちらほらと雪が舞っている。私、ラザフ王国総督ハルランド・キーナストは、総督官邸の執務室で文書をまとめていた。本国への定期報告だ。

項目は多岐にわたるが、そのうちの一つは、ある女性についての報告である。

トラークル侯爵の長女、リーリナ・ルディスマン。現在十七歳の令嬢だ。十八になったら皇帝陛下の第二妃として帝国入りするため、彼女がどう過ごしているか、今も皇妃としてふさわしくあるかの身上調査を、定期的に行うことになっている。

（侯爵からは、年末を侯爵家で過ごすよう招待されている。ちょうどいい、あらためて彼女について周囲の人々からそれとなく聞いてみよう）

侯爵領へは、ここから馬車で二日の距離だ。

一　ライナー・ルディスマン

「総督、ようこそいらっしゃいました。ごゆっくりおくつろぎください」

「お世話になります」

応接室にやってきたトラークル侯爵と、私は笑顔で握手を交わして尋ねた。

「ミアロの音楽会以来ですが、皆さんお変わりなくお過ごしですか？」

「ええ。申し訳ない、リーリナにも挨拶させようと思ったんですが、家庭教師の授業中でして。しばらくお待ちを」

侯爵は私にソファを勧めると、あらためて謝罪した。

「音楽会の際は、リーリナがご迷惑をおかけしました。まさか、娘たちがあんな砦にいて、格子扉が閉まってしまうとは」

私は笑顔で返す。

「いいえ、ご無事で何よりでした。しかし、助けを求めるために声を嗄《か》らしてしまったのは残念でしたね」

「まあ、リーリナはシエナが選ばれたことで満足なようですから」

侯爵は苦笑する。

「聞けば、そもそもシエナが歌を練習し始めたのは、リーリナが勧めたからだとか。シエナが歌ったり笑ったりしているのを見ると、そういえばこの子は明るくてよく歌う子どもだったなと、私も久しぶりに思い出しました」

私は少し驚いた。

「そうなんですか？　ああ、いや失礼しました」

「いえいえ、総督は引っ込み思案なシエナの方が馴染みがおありでしょうからな。幼い頃――我が家に来たばかりの頃は活発で、いつもリーリナの後を追いかけていたんですよ」

思い出しているのか、侯爵は少し困ったような表情になった。

「リーリナもそんなシエナをとても可愛がっていましたが、可愛がるあまり、いたずらもわがままも何でも許して、かばってしまうところがありましてね」

「シエナ嬢が、いたずらやわがまま、ですか。想像できませんね」

「でしょう？　でも、幼い頃はそうだったんです」

軽く両手を広げた侯爵は、続ける。

「シエナはリーリナの言うことならよく聞きましたから、リーリナに諭《さと》させるべきだったかもしれませんが、ご存じの通り、シエナは私がマリアンネと正式に結婚する前に生まれた子。姉妹の間がギスギスしてもおかしくはない。仲良くさえしてくれるならこのまま……と放置してしまって」

しかし成長するにつれ、シエナ嬢はどんどん大人しくなっていった。

その流れを、侯爵は語る。

「親の欲目のようですが、リーリナはとても美しく優秀な子です。親戚たちが姉の方ばかり褒めるので、まずマリアンネが気にし始めまして。シエナは元々繊細な子なのでそれを感じ取り、どんどん萎縮していってしまいました」

表に出たがらなくなったシエナ嬢をリーリナ嬢が甘やかすことで、シエナ嬢はさらに姉の陰に隠れるようになり……。

そして、シエナ嬢の引っ込み思案な性格ができあがったのだ。

「だから、いつの間にかリーリナが変わってきて、驚いたんですよ」

「シエナ嬢ではなく、リーリナ嬢が、ですか？」

「ええ。リーリナが変わったから、シエナが変わったのです。慈善活動にシエナを引っ張り出し、歌というきっかけを見つけて励ましました。以前は甘やかすばかりだったのに」

侯爵は首を傾げる。

「そういえば、リーリナが何となく変わったのは、皇妃に決まった後くらいからです。なぜだろうな……やはり、妹と離れることになって、心配になったということでしょうけれどね」

二　シエナ・ルディスマン

「あっ、総督、ごきげんよう」

書斎に入っていくと、本棚の前でシエナ嬢が振り向いた。

「お早いお着きでしたね！　もしかして、お姉様をお探しですか？」

「いいえ、授業中だと聞いたので、待つ間ぶらぶらしていただけなんです」

私はお得意の、人に警戒されない笑みを浮かべる。

「本を選んでいたんですか？　シエナ嬢は本がお好きだそうですね」

「はい。お姉様が色々と勧めてくれて」

シエナ嬢の声が、楽しげに弾む。

「以前は物語ばかり読んでいたんですけど、歴史書や神話なんかを読むと、こう、下地がわかって、物語がもっと面白くなるんですね！　お姉様の言うとおりでした！」

微笑ましく思いながら、私は尋ねる。

「シエナ嬢は本当に、リーリナ嬢を慕っておいでですね。幼い頃からずっと、なんですよね？」

「あ、ええと、はい……」

シエナ嬢はハッとしたように、視線を泳がせた。

「その……少し、比べられるのが辛いなと思った時期も、なくもないですけれど」

「そうですか。まあそうでしょうね、わかります」

少し大げさにうなずいてみせると、シエナ嬢は驚いたようにこちらを見上げた。

「わ、わかりますか？」

「私にも兄がおりますから。爵位を継ぐ兄と、補欠の私と……ね」

「ああ……」

シエナ嬢は感じ入ったように私を見つめ、そして打ち明けてくれた。

姉と比較されだした頃、シエナ嬢も大好きな姉の真似をして、同じように美しく賢くなろうと努力したのだそうだ。しかしうまくいかず、挫折を味わったことでさらに萎縮した。

「なるほど……。そうなると普通、姉上が苦手になったり、嫌いになってしまったりしそうなものですが、シエナ嬢はそうではなかったんですね。私は兄が少々苦手ですよ？」

そう言ってみると、シエナ嬢は微笑んだ。

「だって、お姉様、私の気持ちをわかってくれたんです。頑張っているのにダメで、打ちのめされてしまう、辛さとか……何もできないから、ただ息を潜めていたいという気持ちとか」

そして、首を傾げる。

「ずっと、不思議でした。お姉様はあんなに美しくて聡明で社交的なのに、どうして私みたいな子の気持ちがわかるのかしら、って。まるで、私と同じことを体験してきたみたい」

（言われてみると）

私も思い出す。リーリナ嬢が、逃げ出すことの難しさを語っていたことを。

（逃げるべき時は逃げていいのだと、私も過去の自分を肯定してもらったような気持ちになったものだ）

「リーリナ嬢は、人の立場になって考えることができるのですね」

そう答えてみると、シエナ嬢はうなずいた。

「はい。昔から、お姉様は想像力が豊かなんです。夢の中で違う自分になって、ラザフではない別の国で生活しているんだ、なんて話もして下さって。面白いので、私もその話をよくせがみました」

「ああ、たまにいますよね、続き物の夢を見るという人が。リーリナ嬢もそうなのかな」

「続きかはわかりませんが、とにかく色々な場面を話してくれました」

笑ったシエナ嬢は、首を傾げた。

「そういえば、最近はあの夢の話をしなくなったわ……今も見ているのかしら？」

三　ルキアン・ヴェルフェル

「総督、お疲れ様です」

玄関ホールでバッタリ出会ったのは、ルキアン・ヴェルフェル。トラークル侯爵の姉の子で、リーリナ嬢やシエナ嬢のいとこだ。

「これは、ルキアン殿」

「しばらくこちらで過ごされるそうですね。僕も今日の夕食はご一緒させていただきます」

「それは楽しみです。制服ではないルキアン殿は珍しいですね」

「休暇中ですので、今日はこの格好で」

あまり表情豊かではない彼だが、王国近衛騎士団員にふさわしい気品と誠実さが話し方に表れている。

「リーリナは授業ですか?」

「そうなんです。良かったら、遊戯室でちょっとお付き合いいただけませんか?」

「喜んで」

ルキアン殿は侯爵に挨拶に行ってから、遊戯室に来てくれた。時間つぶしにゲームをすることになる。

三角形がたくさん描かれたボードを挟んで向かい合い、交互にサイコロの目に従って駒を動かし始める。

私は自分の黒の駒を動かしてから、リーリナ嬢の話を振ってみた。

「そういえば、リーリナ嬢は昔から、ルキアン殿のことを兄様と呼んでいるんですか?」

「はい、初めて会った時からです。リーリナはまだ、三歳かそこらだったかな。僕が八歳で」

ボードを見つめながらも、ルキアン殿の目元が和らいだ。

「確か、セラフィマ様がリーリナを連れて遊びに来たんです。その日、僕はそれこそ家庭教師の授業を受けていて、リーリナが一緒に受けたいとせがんで……僕が先生の質問に次々と答えているのを見て、すごいお兄様だ! と」

「ははぁ。じゃあ、リーリナ嬢がよく『兄様はすごい』と褒めているのも、昔からずっとなんですね」

「はい……自分の方がずっとすごいくせになと思いますけどね」

ルキアン殿は肩をすくめる。

リーリナ嬢は成長するにつれ、いつの間にかルキアン殿と同レベルの本を読み、外国語を次々マスターしていったのだそうだ。

「僕はずっと、リーリナに負けないように必死でした。今もですけれど」

「必死だなんて、そんなふうに見えませんよ。余裕さえ感じられます」

お世辞ではなくそう言うと、ルキアン殿は苦笑した。

「なら良かった、そう取り繕ってるので。……あ、でも」

彼はふと、ボードから視線を浮かせる。

「いつの間にか、自分は必死だ、と素直に言えるようになったな……。これもリーリナのせいというか、リーリナのおかげというか」

「そうなんですか？」

「はい。たぶん、勝負にならないと気づいて以来ですね。僕は、誰かに負けないようにと自分のことだけで必死だったのに、リーリナはもう自分以外の誰かの手を取って、引っ張り上げることができる女性なんですから。この話、前にもしましたか」

そう、リーリナ嬢が慈善活動を始めてから、彼はそのことに気づいたと言っていた。

「ですから、リーリナの前で偉そうに取り繕うなんて滑稽《こっけい》なこと、できないな、と思うんです。素直にならざるを得ません」

（シエナ嬢を励まそうとするリーリナ嬢の行動が、ルキアン殿にも影響を与えた……）

私はそんなことを考えながら、言う。

「侯爵が、その頃にリーリナ嬢は変わった、とおっしゃってましたよ。以前はシエナ嬢を甘やかしていたのが、シエナ嬢のために色々と行動するようになったと」

「そうですか。リーリナがシエナを変え、そのことが僕を変えた。連鎖したわけだ」

微笑んだルキアン殿は、白の駒を動かした。

私は盤面を見つめ、腕を組んで唸る。

（そう。そしてもう一人、リーリナ嬢の影響で変わった人物がいる）

私は、冬の初めのある日のことを思い出した。

四　ジェシカ・アルトナー

「キーナスト総督。会って下さって、ありがとうございます」

総督官邸の応接室で、ジェシカ嬢は頭を下げた。

濃紺のドレスは黒のレースで縁取られた気品のあるもので、美しい白金の髪がその肩にさらりと落ちる。

「お礼を申し上げに参りました。私のしたことを秘密にして下さって、ありがとうございました。私、本当に考えなしでした」

「いえ、私はただリーリナ嬢の提案通りにしただけですから。さぁ、どうぞお掛け下さい」

ソファを勧めながら、私は言葉を選ぶ。

「しかし……あなたが行動に出たそもそもの原因は、解決していないのですよね？」

リーリナ嬢の話では、リーリナ嬢が皇妃になることが決まった時、ジェシカ嬢は両親から「それならお前が王太子妃に」と言われたらしい。両親からリーリナ嬢と徹底的に比較されることに傷ついて、ジェシカ嬢は行動を起こしてしまった。

もしかして今も、ジェシカ嬢の両親は彼女を負け犬のように扱っているのではないか。それに、彼女が王太子妃の座を狙うのであれば、シエナ嬢にも影響が出る。

（正直、ジェシカ嬢が本気を出したらシエナ嬢が勝てるとは思えない……今のところは）

すると、ジェシカ嬢は淡々と言った。

「ええ、両親からは、リーリナがいなくなるんだからお前が王太子妃になれなければおかしい、というようなことは言われましたわ。実は、その件も解決しましたの」

「えっ？　あー、その、差し支えなければどう解決したのか、お聞かせ願えますか？」

「はい。簡単なことでした」

ジェシカ嬢は微笑む。

「私がリーリナにしたことを、両親に話したんです」

「は、話した⁉」

さすがに驚いて、聞き返した。

「しかし確か、あなたもリーリナ嬢も、何者かにだまされて砦に行ったことになっていたはずでは？」

「最初はそういうことにしておりましたし、リーリナも総督も秘密にして下さいましたね。でも、両親にだけは本当のことを話したんです」

「激怒されたのでは」

「ええ。父にひっぱたかれました。でも総督、思い出して下さい」

珍しく、ジェシカ嬢は声を出して「ふふっ」と笑った。

「王太子殿下がシエナ嬢を見初めたと、噂になっていますよね。もし私が本気を出して、シエナから王太子殿下を奪ったら、どうなると思います？」

「あっ」

私はそれに思い至る。

「ルディスマン家を敵に回すことになる。そうなれば、ジェシカ嬢の秘密を世間にばらされることに……！」

　実際のところ、リーリナの両親は詳しい事情を知らないのでばらしようがないのだけれど、ジェシカの両親はそうとは知らない。皇帝陛下の婚約者をあんな目に遭わせたのだから、罰としてジェシカ嬢の親戚一同に累《るい》が及ぶかもしれない、と考えるだろう。そのため、ジェシカ嬢の両親はもう、彼女に『王太子妃になれ』と命じることはできないのだ。

「私がそのことを教えたら、両親は衝撃を受けているようでした。娘がそんな駆け引きに持ち込むなんて、想像もしていなかったでしょう」

　ジェシカ嬢は、紅茶を一口飲んだ。

「何をするかわからない娘だと知って、少し警戒しているみたい。今後も、私に無理なことは言えないと思います」

「それはよかった。……で、いいんですよね」

「はい。リーリナに、『私なんか』という言葉で全て捨ててしまう勇気があるなら、他のことに勇気を使えと言われまして。両親に対して、勇気を振り絞ってみましたわ」

　ジェシカ嬢は微笑んだ。目元も柔らかく、心から笑んでいるのがわかる。

　私も笑った。

「きっとリーリナ嬢は、全てシエナ嬢のためにやったと言うでしょうけれどね」

「そうですね。リーリナがシエナを励まして舞台に送り出すのを見て、彼女が何のために必死で音楽会に出ようとしたのか、よくわかりました。でも、あんな声になってるくせに私を焚きつけて、私を元の道に戻そうと……いいえ」

ジェシカ嬢は表情を改める。

「元の道、ではありませんね。別の道があることを、私に悟らせてくれたんです」

「別の道……」

「はい。他人と自分を比べていたらきりがない、と。それで私も思いついたんです。じゃあ比べずに済むようにすればいい、私にしかできないことで勝負すればいいのだわって」

なるほど、と私は自分の顎を撫でた。

（逆転の発想だな。そういえばリーリナ嬢も、シエナ嬢にダンスで恥をかかせないために、シエナ嬢しか知らないダンスをすることを思いついていた）

「つまり、自分と向き合ったのですね」

私がそう言うと、ジェシカ嬢は目に強い光を宿してうなずいた。

「はい。『私なんか』という呪いは、もう捨てました。きっと、私だからこそできる何かを見つけてみせます」

五　リーリナ・ルディスマン

ジェシカ嬢とのやりとりを思い出しながらゲームをしているうちに、私はルキアン殿に連続で負けてしまった。

「総督、お疲れのようですね？」

ふっ、と微笑む彼に、私は苦笑いを返しながら立ち上がる。

「そ、そういうことにしておいていただけるとありがたい。次は万全の体調の時に！」

「はい、ぜひまた」

ルキアン殿に見送られ、私は遊戯室を後にした。

（そろそろ、授業も終わっただろう）

ちらっとホールの階段を見上げると、ちょうど女性の家庭教師が下りてくるところだった。初老の彼女は、驚いて目を見開く。

「キーナスト総督、いらしてたんですか」

「ええ、どうも。リーリナ嬢は？」

「総督がもういらしていること、ご存じないようで、向こうの階段から……たぶん庭に出られたんだと思います」

私は、玄関から庭に回ってみた。

ルディスマン家の庭は、丸い形の大小の花壇が波紋のように点在していて、間を石畳が埋めている。その周囲を果樹が取り囲んでいて、一番奥は小さな湖につながっていた。

果樹の合間に、人影がある。栗色の長い髪、暖かそうなコートを着た後ろ姿……リーリナ嬢だ。

近づいてみると、彼女は柑橘の実をひとつふたつ、もいでいるようだ。冬が旬なので、そろそろ食べごろの木もあるのだろう。

彼女の声が聞こえた。

「あー、ミカン大福食べたーい。丸ごと入っててジューシーなやつ」

(ミカンダイフク?)

聞き覚えのない言葉に、内心首を傾げつつも、声をかける。

「リーリナ嬢」

「わっ」

パッ、と振り返ったリーリナ嬢は、私を見て目を見開いた。

「総督! 早かったですね!」

「ええ、思ったより雪が少なくて、楽な道のりでした。果物を収穫なさってたんですか?」

「は、はい。夜にお腹が空いた時、お菓子を食べると太るので、果物を少し食べるようにしてるんです」

リーリナ嬢はにっこりしながら、手にしていたカゴを私に見せた。中に、艶々した色鮮やかな実がいくつか入っている。

元々美しい令嬢だが、本人も色々と気を使っているようだ。私が皇帝陛下の代理のパートナーになって約二年、リーリナ嬢は大人びて、さらに美しくなってきている。

何となく、そのまま庭を散歩することになった。

「さっき、リーリナ嬢の話を皆さんとしたんです。婚約が決まる前のあなたを私は知りませんから、昔話でも聞かせていただこうと思いましてね」

私が言うと、リーリナ嬢は並んで歩きながら笑った。

「いやだ、変な話が出ていないといいんですけど」

「昔から優秀だという話ばかりでしたよ。ああ、でも……」

私は侯爵との会話を思い出す。

「侯爵は、婚約を境に変わったとおっしゃってましたね」

「えっ⁉　どんなふうにですか？」

パッ、と彼女が私を見上げる。

私は答えた。

「シエナ嬢を、甘やかさなくなったと。私も途中で、リーリナ嬢がシエナ嬢を変えようとしていることに気づきましたが、お父上も薄々気づいていらしたんでしょうね」

「ああ……そのことですか。そうですね」

どこかホッとした様子のリーリナ嬢は、前を向く。

私はさらに思い出して、言った。

「あ、シエナ嬢と言えば、夢の話もしていたな」

「えっ⁉　どんなふうにですか？」

リーリナ嬢はまた、パッ、と私を見上げる。

その様子を少し不思議に思いながら、私は答えた。

「変わった夢を見るそうですね、別人になって別の国で暮らしているとか……今もよく見るんですか？」

「そ、そうですね、たまに。ありますよねー、続きものの夢を見ることって」

あはは、と笑って、リーリナ嬢はまた前を向いた。

（んん……？）

私はわざとらしく、探りを入れる。

「リーリナ嬢、何か警戒されてます？」

「そんな、別に何も？」

「家族や親戚にしゃべられたら困る秘密でもあるんですかねぇ？」

「ないですないです、本当に！　もう、やめてください」

リーリナ嬢は片手で私を押さえるような仕草をした。

「いやいや、つい。本当に皆さんがリーリナ嬢を褒めるので、少しくらい、こう、欠点はないのかなと思っただけですよ。あのジェシカ嬢の件の時でさえ、リーリナ嬢は彼女を嫌ったり憎んだりしませんでしたしね」

「そういえば私も、総督に皇帝陛下の欠点をお聞きしたことがありましたね」

王宮舞踏会の時のことを思い出した様子のリーリナ嬢は、少し考えてから、にっこりと笑った。

「夢のおかげかも。夢の中の私は色々な失敗をしているので、今はそうならないようにしている、それだけです」

「へぇ、何だか面白いですね。人生をやり直しているみたいで」

「ええ、本当に。さぁ、そろそろ戻りましょう！」

私たちは屋敷への道を歩き出す。

（……ん？「今は」そうならないようにしている？）

さっきの話は夢の話のはずが、まるで昔にあった出来事のような言い方だったので、一瞬引っかかった。

（まあ、最近はその夢をたまにしか見ないということなら、昔の話と言えば昔の話か……）

「総督、夢の話なんて、皇帝陛下にご報告しないでくださいね？」

軽く付け加えるように、リーリナ嬢は言った。

「私だって、変な子だって思われたくないですから」

そうして、侯爵家滞在中に私は報告書を書き上げ、本国に送った。

（リーリナ嬢には全く問題がない。むしろ完璧だ。きっと皇帝陛下も、彼女を気に入られるだろう）

まさかこの三ヶ月後に婚約が解消されるなどとは、その時の私は露《つゆ》ほども思っていなかったのだった。

番外編二　リーリナ・ルディスマンは苦手を克服する

トラークル侯爵令嬢リーリナ・ルディスマン、アストレラント皇帝との婚約を解消。

婚約が決まった時と同じくらい早く、そのニュースはラザフ王国の社交界を駆けめぐった。

これはその少しあと、フリーになってしまった私が落ち込んでいる間のお話である。


「はぁーーーーーー……」

ぼへーっ、と、私はあずまやから庭を眺めていた。

（なーんにも、する気が起きない）

婚約解消以来、私はまたもや注目されていた。要するに、同情の視線が集まっているという意味での注目である。

私に非があっての解消ではないので、何も恥じることはないのだけれど、あれだけ騒がれた婚約があっさりとなかったことになったのだ。会う人会う人が腫れ物に触るように接してきたり、変に慰めてきたりするのは、やっぱりどうしても気に障《さわ》った。

さらに、美人として名高い私がフリーになったということで、一部の若い独身男性たちが「ひょっとして自分にもチャンスが？」とお父様に探りを入れてきているらしい。するとどうなるかと言えば、今まで彼らといい感じだった令嬢たちにとって、私が邪魔な存在になってくるわけだ。

（うう。彼女たちからの視線が……痛い）

お父様やマリアンネお母様が、

「リーリナは衝撃のあまり体調が優れないようですので、しばらく静養させます」

と盾になってくれて、私は今年は王都にも行かず引きこもっていた。

「はぁーーーーーー……」

再びため息をつく。ため息をつきすぎて、口から魂が抜けそうだ。

膝に載せた本は、今日は一度も開いていない。

カップに手を伸ばし、お茶を一口すする。

（まずいわー。何しろ前世は何年も、仕事以外はひたすら家にいて、親戚づきあいすら最低限、っていう生活で。年季の入った引きこもりだったから、あのどろどろした心地よさを思い出してしまうのよね。おーい、私のやる気、どこに家出してしまったの？　怒ってないから戻っておいでー）

すると、誰かが近寄ってくる気配がした。

視線だけを上げると、愛しい存在がそこに立っている。

「お姉様」

「シエナ」

私はようやく、背もたれから身を起こした。

黒髪のシエナは、緑の目を細めて微笑む。

「あ、いいの、そのままゆっくりして。お茶、淹《い》れ換えてもらいましょうか？」

「ううん、今日は暑いから、ぬるいのでちょうどいいの」

「そう。……あの、お姉様」

シエナは私の向かいに座る。

「来週、私、『名前学校』に行ってこようと思うんだけれど」

「え」

話を聞いてみると、町の商会のご令嬢が手伝いを申し出てくれたそうだ。

「アザレアも来られないし、私ひとりだと自信ないけど、手伝ってもらえるなら、頑張ってみようかな……って」

「シエナ……はぁ」

私はまた、ため息をついてしまった。

（不甲斐ない。シエナはこうして頑張ろうとしてるのに、私は）

「……ううー、わかってるのよ、私も行くべきだって。でももう少し待って……やる気が行方不明なの……」

頭を抱えてしまった私に、シエナがあわてたように身を乗り出す。

「お、お姉様、無理なさらないで」

「ええ……」

「今度は私がお姉様を支える番だから。安心して、任せて！」

きっぱりと言うシエナは、双子の姉妹神の一人のように力強い。


そこへ、さらにもう一人、石畳を踏んで近づいてくる気配があった。

「リーリナ嬢、シエナ嬢」

「総督」

シエナの声に顔を上げると、金髪美丈夫、ハルランド・キーナスト総督の姿があった。

帝国からラザフ総督として派遣されてきている彼は、皇帝の代理、つまり私の婚約者代理という立場で、ずっと私のパートナーを務めてきた。

その彼が、私に婚約解消を告げる役目を負わされたのだ。

以来、とにかくめちゃくちゃ申し訳なさそうにしている総督は、今日も真顔で私の様子を窺《うかが》っていた。

「あ、総督……ごきげんよう」

「リーリナ嬢。気分転換はいかがです？」

総督は、いきなりそう切り出した。

「気分転換？」

「ええ。その、今回の件には私も忸怩《じくじ》たるものを感じておりまして」

総督は胸に手を当て、打ちひしがれた様子で頭を下げる。

「いったいどうしたら、リーリナ嬢が以前のような、蝶のような美しい羽ばたきを見せて下さるかと考えていたんです」

（おお、蝶にたとえて下さった。前世では芋虫っていじめられたこともあるのに、羽化しちゃったよ。思えば遠くまで来たもんだ……）

私は思いながら、首を振った。

「総督のせいではないのですから、思い悩まないで下さい」

「いいえ。私は皇帝陛下の代理として、リーリナ嬢のパートナーを務めておりました。そして、リーリナ嬢なら皇妃に相応しい、ご結婚が楽しみだと思いながら親しくさせていただいていたので、やはり、こう……まるで自分が婚約者を捨てて、深く傷つけたような気持ちになってしまい」

「総督も、悲しくていらっしゃるんですね……」

シエナが眉を八の字にする。

「わかります。私もお姉様に心配をかけた時、あぁ、大好きなお姉様を私が傷つけていると思って、悲しくなりました。そんなつもりではなかったのに……と」

「シエナ嬢……わかって下さいますか。リーリナ嬢はお優しいから許して下さいますが、こちらの気持ちが収まらないのですよね……」

「はい……」

共感し合い、顔を見合わせてうなずく総督とシエナ。

私はあわてて口を挟む。

「あのっ、二人とも……？　そうだわ、何か気分転換とおっしゃってませんでした？」

「あ、はい、そうなんです」

私に向き直った総督は、励ますかのように笑顔を作った。

「リーリナ嬢には、ちょっとした気分転換、ではなく、大きな気分転換が必要かと思います。それで、お父上にご提案させていただきまして。旅行に行きませんか？」

「りょ、旅行？」

「はい」

総督は大きくうなずいた。

「私は普段、総督官邸に住んでおりますが、トレイバ王国に近いあたりに別荘もあるんです。総督の別荘に、ルディスマンご一家をご招待します！」

こうして、お父様とお母様、私とシエナは、総督府が管理している別荘のある、メルク地方に行くことになった。

アストレラント帝国は四つの属国を支配しており、それぞれに総督府を置いている。ラザフ王国とトレイバ王国は隣り合わせなので、両国の総督同士が会談・交流することがあった。別荘は主にその時のために建てられたようだ。

大河を船で下り、降り立った港から、馬車でさらに南へ進む。

トラークル侯爵領ではやや秋の気配を感じ始めていたけれど、それよりも南東にあるこの地はまだ夏、という感じだ。

そして、丘の上の別荘に、私たちはたどり着いた。

「トレイバの意匠が取り入れられてるんですね、素敵」

足下のタイル模様を眺めてから、私は周囲を見回す。

赤っぽい石で建てられた別荘は、本館と別館に分かれている。こちらの別館テラスには、籐《とう》か何かの家具に色鮮やかな南の花が飾られ、ハンモックが下がっていた。

庭の小道は蔓《つる》バラのアーチになっていて、下ったその先には森、そして木々の合間に湖が光っているのが見える。

(引きこもってたルディスマン家と全然雰囲気が違って、本当、いい気分転換かも)

私は、南の花の香りを大きく吸い込んだ。

「私たちは少し、メルクの町に出てみるとしよう」

元気なお父様とお母様は、さっそく出かけていってしまった。

総督はにっこりと、私とシエナに話しかけてくる。

「湖に降りてみますか？　綺麗なので、泳げますすよ」

「えっ」

私は反射的に固辞した。

「いえあの、到着したばかりですし、今日はゆっくりしようかと！」

「それもそうですね。この別館は自由にお使い下さい、使用人に何でもお申し付けを。明日、本館の方に客人があるんですが、お気になさらずごゆっくりお過ごし下さい」

総督は仕事も兼ねて来ていて、明日はトレイバの要人と会談したり昼食会をしたりするらしい。

「お忙しいですね。お邪魔をしないようにします」

初めての場所は緊張してしまうシエナは、口数が少ないながらもそう言った。私も付け加える。

「気ままに過ごさせていただくので、総督こそ私たちにお気遣いなく」

「楽しめることを祈ってますよ。では、明日の準備があるのでちょっと失礼します」

総督は、執事との打ち合わせのために立ち去っていった。

（泳げますよ、か。……あっ、そういえば）

私は急に思い出す。

（忘れていたけど、ジェシカと砦に閉じこめられていた時に誓ったんだったわ。必ず泳げるようになってみせるって。……これは、チャンスかもしれない。私の、ほぼ唯一と言ってもいい欠点を克服する、チャンス）

世間では完璧な女性だと思われている私だけれど、自身では気にしている欠点がある。泳げないことだ。

（塞いでいる気持ちも、欠点を克服することができたら、きっと晴れる。私のことを愛してくれて、心配してくれる人がたくさんいるんだから、そんな人たちを安心させてあげないと。……よし。明日、泳ぐ練習をしよう！）

どうやら、家出していた私のやる気は、旅先のこの地方にいたらしかった。

夜はメルク地方の美味しい食事に舌鼓《したつづみ》を打ち、ぐっすり眠って、翌朝の食事もしっかりといただいた後。

私は、シエナとメイドのポリーナを連れ、湖に降りてきていた。今日も日差しは強く、ここまで歩いただけで私は軽く汗ばんでいる。

シエナは戸惑いを通り越して、少し怯えた表情だ。

「お、お姉様、まさか私も一緒に、泳ぐ練習を……？」

「シエナは泳がなくてもいいの。私の練習を手伝ってほしいのよ。大丈夫、足の着くところしか行かないから」

波打ち際、細かい砂利の上に裸足《はだし》で立ち、私は深呼吸した。

今日の私は、古い部屋着を着ている。袖のある薄手のショートドレスに、膝下丈のズボン。別荘の使用人に、昨日のうちに町で調達してきてもらったのだ。ラザフ王国には水着というものがなく、人々は下着や古着で泳ぐ。

日本では当たり前のように学校にプールがあって、皆が水泳を習っていた。そんな中で泳げなかった私は、悔しい思いをしていた。

わざわざ他国のプール事情を調べて、

「学校にプールなんてない国、いっぱいあるもん。世界的に見れば泳げない人なんてたくさんいるもん」

と自分を慰めていたくらいである。そりゃあ、水の事故に備えて泳げた方がいいと、頭ではわかっていたのだけれど。

さてラザフ王国の水泳事情はどうかというと、水泳は乗馬や狩りなどと同じく、貴族の遊びのひとつだったりする。

前世も泳げず、そして今、貴族の皆が泳げる中で泳げないということで、私はやっぱり悔しい思いをしていた。

（練習、シエナやポリーナには見られてもいいけど、他の人に見られるのは恥ずかしい。今日もお父様お母様は出かけているし、総督は本館の方でお仕事だし。別館の裏にあるこの湖を見ている人はいない！　今のうち！）

手首足首をぐるぐる回しながらそう思っていると、やはり古着姿のシエナがますます怯えた視線を向けてくる。

「お姉様、その異様な動きはいったい……？」

（そうか、こっちではこういう準備体操はしないのか）

私はフォローする。

「身体を動かす準備をしているだけよ。さ、シエナ、お願い！」

「リーリナ様、頑張って下さい！」

ポリーナは木陰に布を敷いて私が休める場所を準備し、声援を送ってくれている。

（いざ！）

私は湖に入った。水温はそれほど低くない。

少し進んだだけで、水は腰まできた。

「こ、このあたりでいいわ」

すぐにビビる私。

（あぁ、浮き輪かビート板がほしいっ）

「し、シエナ、手、離さないでね？」

「うふ、はい」

シエナは目をぱちくりさせてから、ちょっと笑った。

私はシエナと向かい合わせで両手を握ってもらい、水に肩まで入った。身体を伸ばして浮いてみる。水が怖いわけではないし、浮くまではできるのだ。

（とにかく、前世で習ったことを思い出してやってみるしかない！　行くぞ、平泳ぎ！　ええと、かかとをお尻に引き寄せるでしょ。足首を返して、足の裏で水を、こう……）

やっているうちに、足の動きは何となく思い出してきた。

「よし。手も使って泳いでみるわ。シエナ、横を歩いていてね。溺れたら助けてよ！」

「わかったわ」

シエナはだんだん、楽しそうになってきている。

私は泳ぎ始めた。手で水をかきながら、足で水を蹴る。

すぐ横を、シエナがついてくる。……のだけれど、彼女は一歩進んでは立ち止まり、また一歩進んでは立ち止まっている。

私が、ほとんど進んでいないのだ。

そのうち疲れてしまって、私はガバァと立ち上がった。

「はぁ、はぁ」

（そうだった、前世でもこのパターンだった！　進まなくて、ジタバタしているうちに疲れて足を着いちゃうのよ！）

私はぜぇぜぇしながらシエナに聞く。

「ちゃんと、泳いでる、つもりなのに、進まないっ。どうしてだと思う⁉」

「わ、私に聞かれても」

運動神経が壊滅的なシエナは、困り果てている。

すると、すぐ後ろで声がした。

「足と手を、同時に動かしているからですよ」

「ひえっ⁉」

振り返った拍子に足下の砂利で滑って、ひっくり返った私はドブーンと頭まで沈んでしまった。

「きゃ、お姉様！」

水越しに、シエナの声が遠く聞こえる。

（あわわわ）

立ち上がろうとしたところで、大きな手が私の手を取って、引っ張り上げてくれた。

「ぶはぁ！　はぁ、はぁ……そ、総督」

目の前で私の手を握っていたのは、キーナスト総督だった。

薄手のシャツが濡れて張り付き、がっしりした身体を浮かび上がらせている。水も滴《したた》る何とやらで、大人の色気にちょっとドキッとした。

「あ、あれ、お仕事は……？」

何となく見回すと、木陰でポリーナが男物の上着をたたみブーツを揃えている。私たちを見つけた総督が、あそこで脱いで預けてきたのだろう。

総督は目を細めて微笑んだ。

「先方に急用ができて、昼からになったんですよ。リーリナ嬢、ひょっとして泳ぐのが苦手なんですか？　練習をしていたんですね」

「うっ、その、これは……」

しどろもどろになっていると、総督はキラキラしい笑みを浮かべた。

「ひょっとして、私の出番かな。泳ぎは得意なんです。私の罪滅ぼしのためにも、どうかお役に立たせて下さい」

「つ、罪滅ぼし、なんて……」

（……そうか）

この際、一緒に立ち直るべきなのかもしれない。梯子《はしご》を外されて腑抜《ふぬ》けたところから立ち直りたい私と、私を傷つけたように感じて落ち込んでいる総督で。

「じゃあ、お願いします。教えて下さい！」

「かしこまりました」

総督はびしょ濡れのまま、笑顔で丁寧にお辞儀をした。

そしてなんと、泳いでいるのに進まないという長い長い前世からの懸案を、総督は解決してくれたのだ。

平泳ぎは！　手と足を同時に動かしちゃいけないんだって！　同時に動かすと水の抵抗が増しちゃうから！

前世でもたぶん、学校の先生がちゃんと教えてくれたはずだと思う。でも、できないと思い込んでいたのか、怖かったのか、とにかく余裕のない私はその通りにしなかったのだろう。

そして今世、手と足を交互に動かすことを教えてもらい、私は試してみた。

手で水を掻いてから、足で水を蹴る。スイーッ、と、身体が進む。横にいるシエナが、ゆっくりではありながらも止まらずに歩いている。

（泳げた……！）

繰り返すようだけれど、前世からできなかったことが、今、できたのだ！　この感動は、ちょっと言葉で表すことはできない。

「ぶはっ。で、できた！　ちゃんと進みました……っ！」

語尾が震えてしまった。私はあわてて、濡れた顔を拭うフリをして涙をごまかす。

「あ、み、水が目に」

「お姉様、やったわ！」

シエナは水の中でぴょんと飛び跳ね、大喜びしてくれる。

「おめでとうございます」

総督も、本当に嬉しそうに笑った。私はお礼を言う。

「ありがとうございます！」

（ああ、何かできるようになるって素晴らしい。私、また頑張って『名前学校』で子どもたちに教えよう！　この気持ちを、たくさんの人に届けよう！）

私は完全に気力を取り戻し、そう心に誓った。

（あとは……）


翌日はキーナスト総督も仕事がなく、朝食の席で「今日はゆっくりできます」と話していて。

私は食事の後、総督にそっと話しかけた。

「あの……」

「はい？」

「昨日の湖、とても素敵な場所でした。ボートからの景色も、見てみたくて……。またいつか、私を船に乗せて下さるとおっしゃってたでしょう？」

総督は軽く目を見開いてから、優しい笑みを見せた。

「そうでしたね。あの時は緊急事態だったので、いつかゆっくり……と私も思っていました。では、今からいかがです？」

「はい！」

私はうなずいた。


夏の外出用のドレスに、白いパラソル。

今日の私は、きちんと侯爵令嬢らしい装いと所作で、総督の手を借りて桟橋からボートに乗り込んだ。

総督の、シャツの袖をまくった腕が、ぐーっと櫂を動かす。ボートはぐんっと動き始め、すぐに緩やかに水の上を滑り始めた。

よく晴れた午前の空と、湖を囲む景色が、水面を彩っている。そこへ漕ぎだした私たちのボートは、まるで美しい絵画の中に入っていくようだ。

「……砦の件では、恥ずかしいところを見せてしまいました」

私はうつむき加減に、切り出した。

あの時のことを思い出すと、本当に恥ずかしい。まあ、仕方なかったのだけれど。

「神殿の控え室で鏡を見て、びっくりしたわ。顔は汚れてるし髪は乱れてるし、ドレスはかぎ裂きができてるしで。それこそ砦で戦いでもしてきたのかという感じで」

総督は楽しげに微笑む。

「リーリナ嬢はどんな時でも生き生きしていて、どんな戦いにも勝てそうに見えますよ。私には、歌姫の座も勝ち取りそうに思えました。残念でしたね」

「いいえ！　私が必死だったのは、シエナに歌わせたい一心からだったので、間に合っただけで優勝です！　大勝利なんです！」

「はは、それならよかった」

うなずく彼に、私は改めてお礼を言う。

「総督のおかげです。今回もこうして気分転換をさせていただいて、ありがとうございました」

「いいえ。これで私も少しは納得して、リーリナ嬢から身を引くというか、何というか……パートナーを、引退できそうです」

総督は、言葉に迷っているようだ。

(私たち、変わった関係だものね……。でも、これで終わりにしてしまうのは、寂しい)

私は続ける。

「キーナスト総督。もう、私のパートナーである必要はなくなってしまったかもしれませんが……私、これからも総督と親しくさせていただきたいんです」

「しかし……」

案の定、総督は視線を揺らす。

「この三年、リーリナ嬢は帝国の事情にさんざん翻弄されてしまった。私はその帝国の男ですよ」

「私にとっては、皇帝陛下の代理から、キーナスト総督ご本人に戻っただけです」

「リーリナ嬢……」

「総督と過ごす時間が、私はとても楽しいんです。今もです。……ダメですか？」

願いを込めて、彼を見つめる。

総督は、私の視線を受け止め、見つめ返した。

そして、櫂を水から上げると身を乗り出し、パラソルを持っていない方の私の手をとった。

「光栄です。ずいぶん年上ですが、私などでよければ喜んで」

「よかった！」

私はホッとして笑う。

「私こそこんなに年下ですが、ぜひご友人の一人に加えて下さい」

「ゆ、友人？　ああ、親しくというのはそういう、ええはい、そうですね」

ふはは、と総督はどこか気の抜けた笑いを漏らし、それからいつもの余裕のある大人な表情になった。

「では、リーリナ、とお呼びしても？　私のことも、ハルランド、と」

「はい、ハルランド。頼りがいのあるお友達ができて、嬉しいわ」

私と総督――ハルランドは、風光明媚《めいび》な湖のボートの上で、固い友情の握手を交わしたのだった。

転生令嬢、今世は愛する妹のために捧げますっ！ 1

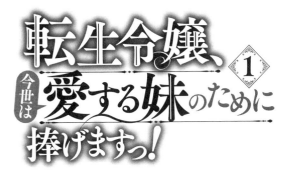

薬草茶を作ります
～お腹がすいたらスープもどうぞ～

著：遊《ゆ》森《もり》謡《うた》子《こ》　イラスト：漣《さざなみ》 ミサ

「女だってバレなかったよ」

とある事情から王都ではレイと名乗り“男の子”として過ごし、薬学校を卒業したレイゼル。

その後彼女は、故郷で念願の薬草茶のお店を始め、薬草茶と時々スープを作りながら、のどかな田舎暮らしを送っていた。

そんなある日、王都から知り合いの軍人が村の警備隊長として派遣されてくることに。

彼は消えた少年・レイを探しているようで…？

王都から帰ってきた店主さんの、のんびり昼寝付きカントリーライフ・第1巻登場！

三人のライバル令嬢のうち“ハズレ令嬢”に転生したようです。
～前世は病弱でしたが、癒しの魔法で今度は私が助けます！～

著：木村《きむら》 巴《ともえ》　イラスト：羽公《はこ》

公爵令嬢のリリアーナは、五歳の時に病弱な女子高生だった前世の記憶を取り戻す。

庭でのピクニックなど、前世では叶えられなかったささやかな願いを一つずつ叶えていくリリアーナ。そんなある日、呪いと毒で命を落としそうになっている少年クリスと出会う。癒しの魔法で彼を救ったことで、彼女は人々のために力を役立てたいと決意する！

数年後、リリアーナは三人の王子の婚約者候補として城に招かれる。そこで出会ったのは、王子の姿をしたクリスだった……！　さらに、前世の乙女ゲームに登場したライバル令嬢の二人も招かれていて……!?

転生先で前世の心残りを叶える、読むと元気になれる異世界転生ファンタジー！

大人気小説のコミカライズ、続々登場!

アリアンローズコミックス

各電子書店にて好評配信中!

魔導師は平凡を望む
漫画:太平洋海
原作:広瀬 煉

誰かこの状況を説明してください!
〜契約から始まるウェディング〜
漫画:木野咲カズラ
原作:徒然花

転生王女は今日も旗《フラグ》を叩き折る
漫画:玉岡かがり
原作:ビス

ヤンデレ系乙女ゲーの世界に転生してしまったようです
漫画:雪狸
原作:花木もみじ

悪役令嬢の取り巻きやめようと思います
漫画:不二原理夏
原作:星窓ぽんきち

悪役令嬢後宮物語
漫画:晴十ナツメグ
原作:涼風

観賞対象から告白されました。
漫画:夜愁とーや
原作:沙川 蜃

転生しまして、現在は侍女でございます。
漫画:田中ててて
原作:玉響なつめ

平和的ダンジョン生活。
漫画:睦月伶依
原作:広瀬 煉

起きたら20年後なんですけど!
〜悪役令嬢のその後のその後〜
漫画:おの秋人
原作:遠野九重

侯爵令嬢は手駒を演じる
漫画:白雪しおん
原作:橘 千秋

詳しくはアリアンローズ公式サイト

https://arianrose.jp/

アリアンローズコミックス 検索

アリアンローズ 既刊好評発売中!!

最新刊行作品

まきこまれ料理番の異世界ごはん 全3巻
著／朝霧あさき イラスト／くにみつ

薬草茶を作ります～お腹がすいたらスープもどうぞ～ 全3巻
著／遊森謡子 イラスト／漣ミサ

騎士団の金庫番 ①～②
～元経理OLの私、騎士団のお財布を握ることになりました～
著／飛野猶 イラスト／風ことら

ようこそ、癒しのモフカフェへ！ ①～②
～マスターは転生した召喚師～
著／紫水ゆきこ イラスト／こよいみつき

身代わり伯爵令嬢だけれど、婚約者代理はご勘弁！ ①～②
著／江本マシメサ イラスト／鈴ノ助

婚約破棄をした令嬢は我慢を止めました ①
著／棗 イラスト／萩原 凛

三人のライバル令嬢のうち〝ハズレ令嬢〟に転生したようです。
～前世は病弱でしたが、癒しの魔法で今度は私が助けます！～
著／木村 巴 イラスト／羽公

転生令嬢、今世は愛する妹のために捧げますっ！ ①
著／遊森謡子 イラスト／hi8mugi

コミカライズ作品

悪役令嬢後宮物語 全8巻
著／涼風 イラスト／鈴ノ助

誰かこの状況を説明してください！ ①～⑨
著／徒然花 イラスト／萩原 凛

魔導師は平凡を望む ①～㉗
著／広瀬 煉 イラスト／⑪

観賞対象から告白されました。 全3巻
著／沙川 蜃 イラスト／芦澤キョウカ

ヤンデレ系乙女ゲーの世界に転生してしまったようです 全4巻
著／花木もみじ イラスト／シキユリ

転生王女は今日も旗を叩き折る ①～⑥
著／ビス イラスト／雪子

お前みたいなヒロインがいてたまるか！ 全4巻
著／白猫 イラスト／gamu

侯爵令嬢は手駒を演じる 全4巻
著／橘 千秋 イラスト／蒼崎 律

ドロップ!! ～香りの令嬢物語～ 全6巻
著／紫水ゆきこ イラスト／村上ゆいち

復讐を誓った白猫は竜王の膝の上で惰眠をむさぼる 全5巻
著／クレハ イラスト／ヤミーゴ

隅でいいです。構わないでくださいよ。 全4巻
著／まこ イラスト／蔦森えん

悪役令嬢の取り巻きやめようと思います 全4巻
著／星窓ぽんきち イラスト／加藤絵理子

乙女ゲーム六周目、オートモードが切れました。 全3巻
著／空谷玲奈 イラスト／双葉はづき

起きたら20年後なんですけど！ 全2巻
～悪役令嬢のその後のその後～
著／遠野九重 イラスト／珠梨やすゆき

平和的ダンジョン生活。 全3巻
著／広瀬 煉 イラスト／⑪

転生しまして、現在は侍女でございます。 ①～⑥
著／玉響なつめ イラスト／仁藤あかね

自称平凡な魔法使いのおしごと事情 シリーズ
著／橘 千秋 イラスト／えいひ

聖女になるので二度目の人生は勝手にさせてもらいます 全3巻
著／新山サホ イラスト／羽公

魔法世界の受付嬢になりたいです 全3巻
著／まこ イラスト／まろ

異世界でのんびり癒し手はじめます 全4巻
～毒にも薬にもならないから転生したお話～
著／カヤ イラスト／麻先みち

冒険者の服、作ります！ ①～③
～異世界ではじめるデザイナー生活～
著／甘沢林檎 イラスト／ゆき哉

妖精印の薬屋さん ①～③ ※3巻は電子版のみ発売中
著／藤野 イラスト／ヤミーゴ

どうも、悪役にされた令嬢ですけれど 全2巻
著／佐槻奏多 イラスト／八美☆わん

脇役令嬢に転生しましたがシナリオ通りにはいかせません！ ①～②
著／柏てん イラスト／朝日川日和

王子様なんて、こっちから願い下げですわ！ ①
～追放された元悪役令嬢、魔法の力で見返します～
著／柏てん イラスト／御子柴リョウ

その他のアリアンローズ作品は https://arianrose.jp/

転生令嬢、今世は愛する妹のために捧げますっ！ 1

＊この作品はフィクションです。実在の人物・団体・事件・地名・名称等とは一切関係ありません。

2021年5月20日　第一刷発行

著者 …… 遊森謠子

イラスト …… hi8mugi
発行者 …… 辻 政英
発行所 …… 株式会社フロンティアワークス
〒170-0013　東京都豊島区東池袋3-22-17
東池袋セントラルプレイス5F
営業　TEL 03-5957-1030　FAX 03-5957-1533
アリアンローズ公式サイト　https://arianrose.jp/
フォーマットデザイン …… ウエダデザイン室
装丁デザイン …… 鈴木 勉（BELL'S GRAPHICS）
印刷所 …… シナノ書籍印刷株式会社